Bernard du Boucheron

Court Serpent

Gallimard

Bernard du Boucheron est né en 1928 à Paris. Il est diplômé de l'Institut d'Études politiques de Paris et énarque. Il a fait toute sa carrière dans l'industrie, d'abord dans l'aéronautique pendant vingt ans (directeur commercial de l'Aérospatiale, aujourd'hui EADS), puis pendant treize ans à la Compagnie Générale d'Électricité, aujourd'hui Alcatel (président de la filiale internationale). Il a dirigé un groupe spécialisé dans le commerce de produits pétroliers et du charbon. Enfin, il a été délégué général de l'entreprise qui devait créer un train à grande vitesse entre les trois principales villes du Texas (Texas High Speed Rail Corporation) de 1991 à 1994.

Son premier roman *Court Serpent* est arrivé aux Éditions Gallimard par la poste.

*KNUD RASMUSSEN.MUT
ÂVANERSSUARMIUT
ERKAISSUTIGSSIÂT*

... *mot vest, mot vest!*
Nordahl Grieg

1

Il ne se prosterna pas.
Il ne baisa pas l'anneau.
Foudroyé par la grandeur de la mission, il reçut
sans mot dire les lettres d'instructions du Cardinal-
Archevêque.
Ainsi :

À Notre aimé fils INSULOMONTANUS, Abbé de
Joug-Dieu, légat *a latere*, protonotaire noir, pro-
préfet, inquisiteur ordinaire et extraordinaire,
Nous, Johan Einar Sokkason, Éminentissime
Cardinal-Archevêque de Nidaros :

I.   « Il Nous a été rapporté que les chrétiens
      de Nouvelle Thulé, au Nord du monde,
      sont en danger, faute d'évêque dans son
      diocèse de Gardar et faute de prêtres pour
      ses églises autrefois nombreuses et floris-
      santes, de retourner aux ténèbres de l'in-
      fidélité. En raison du froid inhabituel qui
      règne depuis plusieurs années, les navires
      qui venaient nombreux leur apporter depuis

Nos ports tout ce qui leur était nécessaire n'atteignent plus leurs rivages pris dans les glaces de la mer. Le nécessaire dont ils sont privés, pour ce qui concerne les besoins du corps, consiste en blé, huile, vin, malt, simples et autres herbes médicinales, drap de Frise pour capuchons, haches à simple et double tranchant, couteaux, pelles à tourbe, rouets et fuseaux, fer, cordages pour les bateaux et les pendaisons, bois d'œuvre ou de marine ; ils en sont réduits à manger l'ignoble chair des phoques et des morses, et sont en état de perdre l'art de la construction des navires, indispensable pour échapper à la condition de sauvagerie où les plonge leur isolement ; le résultat de cet isolement est de les priver des moyens d'en sortir, cercle vicieux où l'œil de la foi reconnaît l'œuvre du Malin ; et, pour ce qui concerne l'âme, infiniment plus précieuse que le corps, l'interruption de la navigation les empêche de recevoir le ministère des envoyés de Dieu, qui sont aussi les Nôtres : depuis cinquante ans, nul évêque n'a été en résidence dans ces lieux extrêmes ; en l'absence d'évêque, nul nouveau prêtre n'a pu être ordonné ; faute de voyages maritimes, nul prêtre ordonné par Nous n'a abordé ces rivages. On murmure que, parmi les quelques vieux prêtres survivants ordonnés du temps des derniers évêques, certains se sont rendus coupables du crime d'apostasie, et recourent aux charmes et incantations plutôt qu'à la prière ; qu'à l'exemple de ces prêtres dévoyés, nombreux sont les chrétiens qui ont renoncé aux vœux du baptême et pratiquent au son des tambourins l'art ténébreux de la magie, dans l'espoir qu'en renonçant à sauver leur âme ils obtiendront du Malin de quoi sauver leur corps, soit grâce à la fonte des glaces qui permettrait à nouveau le passage des navires, soit grâce à la multiplication des animaux marins dont le Malin favoriserait leur chasse. Plût à Dieu qu'ils soient tous morts en état de grâce pour accéder à la droite du Père, plutôt que de survivre ainsi dans l'erreur qui les destine, après qu'ils auront abandonné leur dépouille mortelle, aux tourments éternels de l'enfer. Des témoignages d'Islande, déposés à l'oreille de Nos saints prédécesseurs, font craindre que ces chrétiens abandonnés se livrent à la sodomie et à l'échange des femmes, que le père couche avec la fille, la mère avec le fils, le frère avec la sœur, et que, loin de désavouer la descendance monstrueuse issue de ces rapprochements criminels, ils lui accordent la préférence sur celle que leur donne le Seigneur dans les liens qu'aurait bénis l'Église si celle-ci était encore en état de le faire. On raconte même que dans les hivers de famine il leur est arrivé de dévorer

13

les morts au lieu de les confier à la terre chrétienne.

II.   Sur recommandation qui Nous en a été faite par le chapitre de l'Ordre du Joug-Dieu, ainsi que par Notre coadjuteur Björn Ivar Ivarson, Nous vous avons choisi, tant en raison de vos mérites que de vos circonstances, pour aller en ces extrémités du monde vous enquérir de l'état du peuple chrétien, y dispenser le réconfort de la parole, sans omettre, en tant que de besoin, le redressement par le fer et par le feu, et Nous faire dès votre retour rapport de ce que vous aurez vu et accompli, dans l'esprit, s'il Nous paraît alors convenable et agréable, ainsi qu'à S.M. le Roi, d'y retourner comme Évêque y prendre en charge le diocèse de Gardar. Vos mérites Nous ont paru nombreux et éclatants. Vous êtes Docteur en Théologie du chapitre de Lund; exorciste diplômé de l'université d'Uppsala, consacré à cet effet par Nous-Même en Notre diocèse; versé dans la recherche et l'extermination de l'hérésie, de la sorcellerie et de l'infidélité, comme en témoignent vos travaux contre les Mores et les Juifs, ainsi que vos bûchers, en Espagne, au Portugal et dans toutes les Extrémadures du Midi, où vous avez été commis par délégation collégiale de l'Ordre de Saint-Dominique à l'Ordre du Joug-Dieu qui vous y envoya à cette fin; votre charité ne se satisfait pas de soigner les âmes égarées en les séparant des corps coupables de les abriter ; non content de brandir l'épée vengeresse, vous savez lui allier le moelleux et la douceur, tant pour convertir hérétiques et infidèles que pour secourir les victimes en créant les établissements charitables où sont recueillis les veuves et les enfants exposés, et jusqu'aux orphelins de ceux que leur obstination dans l'infidélité a fait périr par votre ministère. Vous avez institué dans Notre diocèse, et entretenez sur vos revenus de la dîme avant leur partage avec Nous (ce que Nous ne vous reprochons que modérément), une maladrerie que vous visitez, sans craindre la contagion en y donnant au lépreux le baiser de nature à faire fuir de son enveloppe charnelle les péchés responsables de sa misère ; vous avez même, sans égard aux récriminations du peuple, aboli pour les sorties de ces malheureux l'usage de la crécelle, après vous être vous-même promené dans les rues de Notre ville de Nidaros muni de cet instrument et couvert d'un linceul. Nous avons ainsi porté Notre choix sur un homme d'action autant que de doctrine, capable de compassion comme de fermeté.

Pour ce qui est de vos circonstances, on sait que vous avez été en résidence à Rome, où pendant de longues années vous avez pu approcher et servir nos Très Saints-Pères Grégoire et Urbain ; vous y avez vécu au

Palais d'Ascoigne-Mazzini dans la familiarité de M. le Comte d'Ascoigne, gentilhomme français, auprès de qui, outre la langue de ces peuples lointains, vous avez appris à en connaître les mœurs qui, Nous dit-on, associent les douceurs du plus grand raffinement à l'ordure de la plus repoussante saleté, au point qu'il ne leur répugne pas d'approcher leurs femmes lorsque celles-ci ont leurs incommodités, ou lorsqu'eux-mêmes sont infestés des poux ramassés dans les maisons de débauche, dont chacun sait qu'à Rome il en est d'innombrables. De ces habitudes françaises vous avez appris à manger autre chose que le brouet d'orge et le hareng salé habituels à Nos ouailles ; et, pour ce qui est de l'esprit, outre les manuscrits pieux des Archives vaticanes et ceux que vous avez pu consulter au Catéchuménat de Ravenne, M. le Comte d'Ascoigne vous a fait connaître les grands Anciens, Grecs, Latins et Arabes, car il n'existe pas en français d'ouvrages dignes d'être lus par un chrétien. Au surplus, la langue s'y prêterait-elle, on s'accorde pour attribuer au tempérament des Français cette alliance de rigidité dans la rhétorique et de légèreté dans le raisonnement qui, Nous dit-on, façonne leur étrange destin. Dans la maison de M. le Comte d'Ascoigne vivait un certain amiral vénitien, moins porté aux choses de la religion qu'à la contemplation du ciel (car les deux s'opposent malgré les apparences), et à la compréhension de sa mécanique. C'est par lui que, déjà habitué par vos voyages aux choses de la mer, vous avez appris l'art de la navigation. C'est particulièrement cette circonstance, ajoutée à vos mérites et à vos vertus rappelés ci-dessus, qui vous a recommandé à Notre choix. Car la science qui permet d'atteindre les extrémités du Nord s'est depuis les pères de nos grands-pères perdue dans les brumes mêmes qu'elle avait pour mission de percer.

III.   Et maintenant, pour toutes ces raisons et d'autres qui seront, s'il Nous plaît, révélées après votre retour, Nous vous ordonnons ce qui suit :

Par l'emploi de douze mille marcs d'argent que Nous vous ferons compter sur Notre trésor capitulaire ou, à Notre bon vouloir, sur Nos revenus de la dîme, vous ferez construire selon l'art de nos ancêtres un navire propre à traverser sans encombre le grand océan du Nord, au-delà des Îles aux Moutons, des Orcades septentrionales, et de l'Islande, en poussant jusqu'à la Nouvelle Thulé. Ce navire devra être capable de résister aux îles de glace qui, d'après les témoignages d'Islande et d'autres dignes de foi, flottent dans les parages de la Nouvelle Thulé ; aux montagnes de glace qui, Nous a-t-on dit, s'en échappent ; enfin, aux champs de glace qui l'enserrent du nord au sud pendant trois ou même quelquefois quatre saisons ; et de telle sorte aussi que s'il venait à être pris dans ces glaces, le navire immobilisé puisse vous servir d'abri, ainsi qu'à votre équipage, jusqu'à la débâcle du printemps.

Vous prendrez avis des meilleurs architectes versés dans la construction des navires, que vous pourrez trouver à Bergen, à Stralsund, à Brême ou à Lübeck ; en veillant à ce que l'habitude qu'ils ont de leurs gros bateaux de charge ne les empêche pas de se conformer à la sagesse de nos ancêtres, qui cherchaient leur sécurité dans la vitesse plutôt que dans la grandeur des navires ; en veillant aussi à ce que la Cour suprême de la Hanse dans ses Grands Jours ne prenne pas ombrage d'une entreprise à laquelle elle a, depuis longtemps, renoncé ; Nous avons demandé à S.S. le Pape qu'Elle mette en garde S.M. l'Empereur, dont l'autorité universelle ne saurait permettre à la Hanse de faire en quoi que ce soit, et pour quelque raison que ce soit, obstacle aux secours que la charité commande de porter aux chrétientés lointaines, alors même que ces secours pourraient être l'occasion de faire commerce. Vous confierez la construction du navire, avec les conseils d'un architecte, au plus connu des maîtres charpentiers de marine de Notre ville de Nidaros, ou, à défaut, de Bergen, mais vous vous garderez d'employer aucun Allemand, qu'il soit de Hambourg, de Brême, de Lübeck ou de Rostock. Nous vous l'interdisons pour trois raisons. Premièrement, les Allemands ont coutume de commander avec rudesse, à la façon militaire, et, outre que cette façon s'accommode peu de l'onction ecclésiastique propre à notre affaire, elle risque d'irriter les compagnons charpentiers, qui ne sont pas des soldats mais des ouvriers, et de nuire ainsi à la qualité de leur ouvrage. Deuxièmement, s'il arrivait qu'à son lancement le navire coule, chavire ou se brise par l'effet de sa mauvaise construction, il ne Nous serait pas possible de faire pendre un maître charpentier allemand en raison des limites de Notre juridiction à l'égard de la Hanse; enfin, et troisièmement, l'art des navires pratiqué par nos ancêtres, perdu depuis lors et que Nous vous instruisons de retrouver, s'exprimait par la souplesse des assemblages et non par la force des marteaux et des clous; par la légèreté des bâtiments et non par leur pesanteur; de sorte qu'ils chevauchaient les vagues au lieu de s'y enfoncer; et, si Nous croyons, grâce à l'étude, l'architecte assez agile dans son art pour renouveler sous votre inspiration la virtuosité de nos pères, l'humeur plus grossière du charpentier peinera à se défaire des conceptions et des gestes brutaux appris dans les chantiers d'Allemagne. Le navire sera de taille suffisante pour emporter, outre vous-même et tout votre domestique, un Capitaine et son bosco, un timonier, huit hommes de nage de bâbord et huit hommes de nage de tribord, assis sur les caisses contenant les effets et les vivres, approvisionnés pour satisfaire les nécessités de deux mois de navigation. Si vous êtes enfermé dans les glaces en un point si éloigné de terre que vous deviez y passer l'hiver, Nous vous recommandons à la miséricorde divine et à votre habileté de chasseur qui, ensemble, assureront votre subsistance. Vous accepterez ce risque, ou cette chance, en songeant qu'il est dangereux de trop charger un navire dont la vitesse doit assurer le succès de votre entreprise. Vous mettrez aussi à bord quantité de choses destinées aux peuples chrétiens qui recevront votre visite, en vue d'alléger leur misère ; vous en dresserez l'inventaire en évaluant les besoins que votre charité et la Nôtre ont pour objet de satisfaire. Cette charité n'ira pas, toutefois, jusqu'à leur en faire cadeau, de crainte de les amollir, et de leur donner à penser que la détresse et la nécessité suffisent par elles-mêmes à procurer leur propre soulagement. Il faut aux bonnes œuvres des contre-parties, et, comme Nous craignons que le repentir et le retour à la foi n'y pourvoient que médiocrement, vous aurez à cœur de ne livrer vos marchandises qu'en échange, à proportion convenable, de

celles que pourront fournir les récipien-
daires : peaux d'ours et de renard, ivoire de
morse et de narval, ambre tiré du ventre des
baleines, angélique pour la préparation de
nos confiseries et le soin de nos maladies, et
autres semblables utilités.

Dès votre retour, vous remettrez ces
choses dans Nos magasins en rembourse-
ment des douze mille marcs d'argent que
Nous vous aurons avancés, moins telle partie qu'il Nous plaira d'allouer comme bénéfice au profit de vos établissements religieux
ou charitables.

Le dessin et la voilure du navire devront
lui permettre, sans le concours des avirons,
d'aller plus vite que les plus rapides des
bateaux de la Hanse, tant contre le vent que
devant le vent : car c'est ainsi que navi-
guaient nos aïeux. S'il advenait qu'à la mer
un navire de la Hanse vous attaque, qu'il
soit de charge ou de police, vous résisterez
au nom de Dieu, sans égard pour la vie de
vos assaillants, car la foi que vous allez sauver est plus importante que le commerce.
Tous les hommes de votre bord devront
donc être armés et munis de boucliers ronds
comme aux temps anciens.

Pour atteindre Gardar, dans le sud-ouest
de la Nouvelle Thulé, vous suivrez les pré-
ceptes de nos aïeux, depuis longtemps tom-

bés dans l'oubli, et rappelés ci-après. En raison de sa soumission à la Hanse, vous ne partirez pas de Bergen, par crainte de provoquer sa jalousie et de l'inciter à pourchasser et détruire votre navire. Vous ne partirez pas non plus de Notre ville de Nidaros, infestée par les espions de la Hanse, et située trop au nord pour le besoin d'une sûre navigation. Vous mettrez à la voile à Kirkesund, dans l'anse protégée par l'île de Hvitsö, où vous aurez secrètement fait charroyer ou acheminer par mer les approvisionnements prescrits dans ces Lettres d'Instructions. De là vous maintiendrez cap plein ouest, de telle sorte que l'Étoile Polaire soit toujours haute de cent vingt-quatre diamètres lunaires au-dessus de l'horizon. Si le ciel est trop clair pour l'observer, comme il peut, Nous dit-on, arriver après l'équinoxe de printemps, vous aurez recours aux Tables d'Oddi, le Maître des Astres, d'autorité immémoriale, dont nos pères se servaient pour déterminer la hauteur que le soleil doit avoir à midi lorsqu'on se trouve sur la route d'Islande. L'ingénieur italien qui Nous assiste pour cette partie de Nos réquisitions Nous assure qu'entre l'équinoxe de printemps et le solstice d'été et (Nous prions Dieu que vous n'ayez jamais l'occasion de l'observer) entre le solstice d'été et l'équinoxe d'automne, vous devez faire en sorte que la hauteur du soleil à midi augmente suivant ces tables avec le progrès du printemps de cinquante-six diamètres solaires à l'équinoxe jusqu'à cent deux diamètres au solstice; et vice versa (à Dieu ne plaise!) du solstice à l'équinoxe. L'ingénieur italien qui a dicté lui-même ces mots à Notre secrétaire, discret et simple moine de Saint-André, vous instruit de faire tailler à votre mesure une règle de noyer bien droite où le menuisier aura ménagé des encoches indiquant de douze en douze les nombres de diamètres lunaires ou solaires — ce sont les mêmes — qui vous permettront de compter ces hauteurs en tenant la règle à bout de bras. Si cette règle venait à se briser ou se perdre, sachez que votre bras droit étant tendu et votre main ouverte à force, la distance que vous verrez de l'extrémité de votre pouce à celle de votre auriculaire est égale à trente diamètres lunaires ou solaires; soit le sixième d'un quadrant mesuré depuis l'horizon jusqu'au zénith au-dessus de votre tête; l'ingénieur dit la chose sans vous connaître mais en supposant que vous êtes harmonieusement bâti. Si le soleil est trop haut, vous conduirez votre navire vers le nord; s'il est trop bas, vers le sud; et le contraire pour l'Étoile Polaire. Vous virerez les Îles aux Moutons par leur nord de telle façon que vous puissiez juste les apercevoir par beau temps à votre bâbord; puis vous passerez au sud de l'Islande de telle

23

façon que la mer paraisse atteindre les deux tiers du glacier Vatnajökull ; puis, surveillant de même sans relâche l'Étoile Polaire la nuit et le Soleil le jour, vous pousserez plus avant vers la Nouvelle Thulé ; vous jugerez que vous en approchez quand, le froid vous saisissant, vous verrez des oiseaux dans le ciel et des baleines dans la mer. Vous suivrez alors la côte en laissant les glaces sur votre tribord, jusqu'à trouver, derrière un cap recouvert de hautes montagnes, Notre église diocésaine de Gardar, retirée au fond d'un fjord. Vous y remercierez Dieu à genoux et bénirez ce fjord en lui donnant le nom du saint du jour de votre arrivée.

Lorsque vous serez parvenu à bon port, vous vous ferez connaître et reconnaître comme Notre envoyé, légat, coadjuteur, inquisiteur ordinaire et extraordinaire par les peuples chrétiens que vous y rencontrerez.

Vous dresserez l'inventaire des églises et de leur contenu, vêtements sacerdotaux, objets de culte, trésors d'or, d'argent, de perles, de nacre, d'ambre et de matières plus humbles, ainsi que de leurs dépendances en bâtiments de service et d'agriculture, chevaux, bœufs, moutons, porcs et chiens, sans oublier, si elle s'y est maintenue ou y a réapparu malgré les enseignements de N.S.M. l'Église, la classe abominable des esclaves. Vous compterez les fermes, leurs habitants, leurs animaux, leurs esclaves comme ci-dessus, et les surfaces de pâturages et de terres cultivées, s'il y en a ; ainsi que les réserves de foin, de poisson et de viande séchés, balles de laine, pelleteries, tissus et vêtements façonnés. Vous dénombrerez dans chaque fjord les navires capables de traverser l'Océan, s'il en reste, encore que Notre cœur se serre au sentiment que vous n'en rencontrerez pas ; vous compterez les barques et canots de pêche, filets et lignes à poisson et oiseaux ; le tout dans l'esprit d'asseoir la dîme là où existent de telles richesses et de dispenser la charité là où elles manquent. Il vous restera à cette fin le solde des douze mille marcs que Nous vous aurons fait compter, et dont les bénéficiaires vous donneront quittance.

Par-dessus tout, vous établirez un état du peuple chrétien, tant de son nombre que de la ferveur de sa croyance et de l'exactitude de sa pratique, depuis les Rogations jusqu'à la Toussaint et à Noël ; la situation des mœurs demandera votre attention particulière. Vous examinerez si les femmes sont fidèles à leur mari, et si les maris respectent les bornes de la débauche ordinaire ; ou si, au contraire, non contents de forniquer avec les filles et les femmes de leurs voisins, ils le font avec leurs propres filles ou mères, ou même se livrent à la sodomie pendant l'hiver. Vous considérerez toutefois que le sang impétueux qu'ils ont hérité de nos ancêtres communs ne peut être blâmé qu'avec commisération lorsqu'il cherche une issue au confinement de la nuit hyperboréenne : la vertu est affaire de saison. Sans se limiter aux choses de la chair, votre investigation recherchera les façons et usages quotidiens, la modestie ou le luxe des vêtements, la conduite du maître avec le serviteur et sa réciproque, la propreté des maisons, l'ardeur au travail, seul gage de prospérité et d'impôt.

Vous serez aussi impitoyable dans la punition des fautes que généreux dans la reconnaissance des vertus. Vous pourchasserez l'hérésie, l'apostasie, l'incroyance, l'abandon de pratique, le parjure, la gloutonnerie, la luxure simple et la sodomitique, avec une rigueur qui passerait pour de la férocité si elle n'était inspirée par l'amour que le pasteur porte à son troupeau. Vous dresserez, à votre discrétion, mais à charge pour vous de Nous en rendre compte dès votre retour, la liste des crimes que vous jugerez devoir être punis de mort, en n'omettant pas les manières de l'infliger, et en vous gardant de laisser votre compassion en prescrire de trop douces. Vous choisirez pour chaque offense entre le feu, la roue, l'étau à serrer la tête, l'écartèlement, la pendaison lente, la suspension par les pieds ou les parties animales (réservée aux hommes, car la constitution des femmes ne s'y prête pas), l'immersion dans l'huile bouillante, et l'écrasement sous des pierres comme faisaient nos anciens avant que le Christ ne vînt leur enseigner Sa miséricorde; ce supplice païen punira particulièrement le retour au paganisme. Vous négligerez comme trop expéditifs, ou même émollients, le poison, qui ne sied qu'aux politiques, l'épée qui fait du criminel un gentilhomme, la noyade où, dans ces climats, le condamné meurt de froid avant de se sentir étouffer, l'entonnoir à bière grâce à quoi l'ivresse endort la douleur, qui gaspille une boisson rare et ravale le bourreau au vil office de cabaretier. »

2

RAPPORT SUR LA NAVIGATION D'I. MONTANUS ET SES COMPAGNONS

Le navire construit à Kirkesund, sous le vent de l'île de Hvitsö, suivant les réquisitions de Votre Éminence, fut lancé le jour des Rogations, après la fonte des neiges, dans la réjouissance populaire. Saint Mamert, propagateur des dévotions rogatoires pour les travaux des champs, n'aurait pu rêver circonstance plus propre à supplier Dieu d'étendre sa bienfaisance sur les tourments et les travaux de la mer. Le navire fut baptisé le jour même. Après avoir hésité à lui donner le nom du saint du jour, je décidai de n'en rien faire, pour deux raisons : premièrement ce saint est une sainte, et l'entreprise commanditée par Votre Éminence ne pouvait sans danger être placée sous le patronage d'une femme ; deuxièmement ce jour-là était la Sainte-Prudence ; encore que cette vertu soit nécessaire au marin, elle l'est moins que l'audace et le courage qui, à peine de retourner au port à la première tem-

29

pête, doivent l'emporter chez lui sur un excès de circonspection. Je choisis pour le navire le nom d'*Ormen Korte*, le « Court Serpent », en mémoire du roi Olaf Tryggvason qui apporta le Christ à notre pays et périt en l'An Mil, à bord de son vaisseau, le *Long Serpent*, dans un combat naval qu'il perdit héroïquement. Bien que Votre Éminence connaisse cette affaire mieux que moi, il m'a paru utile de justifier ma préférence : plutôt que le nom d'une sainte j'élus celui d'un païen converti.

Je mis à la voile avec la témérité de nos pères, et selon les simples mots de Votre Éminence qui lui font écho à travers les siècles : de Kirkesund, sous le vent de l'île de Hvitsö, d'où nous fîmes dérade le jour de Pentecôte, je tins un cap plein ouest de telle sorte que la Polaire fût haute au-dessus de l'horizon de cent vingt-quatre diamètres de la Lune, soit quatre mains écartées du pouce à l'auriculaire. Alors que nous laissions derrière nous l'Islande dont ne se montrait plus que l'épaule encapuchonnée de brumes, et que nous étions déjà rudement éprouvés par la mer, une terrible tempête de sud nous écarta irrésistiblement de ce cap. Les hommes de nage, auxquels le Capitaine, le bosco et moi-même dûmes nous résoudre à prêter main-forte, écopèrent sans manger, ni boire, ni dormir pendant quatre jours et quatre nuits. Les bâches de peau lacées sur les hiloires, sur lesquelles s'écroulaient des montagnes d'eau, furent impuissantes contre la fureur de la mer qui les arracha peu à peu comme des haillons. Que Votre Éminence pardonne à ces malheureux hommes d'équipage : le combat contre les éléments les tint si fort incommodés que faute de mon admonition ils auraient jugé ne pas avoir le temps de recommander leur âme à Dieu. C'est la préoccupation principale de leur corps qui les fit s'acharner aux écopes ; et Votre Éminence jugera si elle condamne cette impiété qui omettait les fins dernières, ou si elle la pardonne en considérant la fin première, qui était de sauver la présence terrestre de votre futur évêque de Gardar. Suivit une période de calmes comme personne n'en a jamais connu dans les parages d'Islande. Loin des préoccupations spirituelles, je commençai à compter les vivres et à distribuer l'eau chichement par division arithmétique ; la langue des hommes de nage gonfla, et leurs fesses se couvrirent de furoncles. Assis dans leurs excréments faute de force pour aller se vider par-dessus bord, ils souquaient sans relâche sur les avirons ; le navire sentait l'ordure comme une galère de Méditerranée. Notre progrès pour nous éloigner de la Polaire et la faire baisser sur l'horizon était si misérable, et leurs souffrances si grandes, qu'ils se laissèrent aller à murmurer. Je délibérai avec le Capitaine d'en faire pendre un à la vergue ; mais outre que je n'étais pas assuré d'être obéi sur un tel ordre, je jugeai que la vie de chacun restait nécessaire au salut de tous. Je pris la précaution de resserrer leurs armes dans le grand coffre qui me tenait lieu de bannette et de siège de commandement, fermé à clés et à chaînes. Je leur rappelai que, ministre de Dieu à terre, je l'étais trois fois à bord, par l'ordination qui m'avait fait prêtre, par les réquisitions de Votre Éminence, enfin parce que j'étais seul à connaître l'art de la navigation ; que sans moi ou contre moi ils ne pouvaient ni parvenir à destination ni retourner au port ; que s'ils ne pouvaient m'aimer par inclination ils le devaient par nécessité. Sur quoi je leur fis donner par le bosco une demi-main de bière coupée d'eau-de-vie, et ordonnai le nettoyage le plus extrême du navire en leur interdisant de jamais se soulager sous eux ; ils obéirent chrétiennement. Mais Votre Éminence verra que ce n'était que le début de nos épreuves. Une nouvelle tempête nous rejeta si au nord que nous rencontrâmes des îles de glace ; puis, la saison avançant et les éléments nous interdisant sans relâche de faire sud, nous atteignîmes une immense plaine de glace que nous longeâmes, heureux de ne pas nous y fracasser, avant d'en devenir prisonniers. La neige apparut dès le mois d'août. Nous suivions les chenaux d'eau libre dans cet océan de glace, en tentant de progresser soit vers le sud, soit vers l'ouest, mais il me sembla que nous faisions sans cesse le tour de la même île de glace, et que nous nous retrouvions à notre point de départ dans un chenal toujours plus étroit. Les hommes de nage perdaient leurs dents ; leur peau s'arrachait par lambeaux ; aux souffrances de la faim et de la soif s'ajoutaient celles du froid. Seule la crainte les empêchait de murmurer ;

seule la hauteur de ma mission m'empêchait d'avoir pitié d'eux et de moi-même. Le Capitaine et le bosco, endurcis dès l'enfance aux abominations de la mer, soulevés malgré leur humble état par la grandeur de l'entreprise, n'avaient d'autres mots que ceux de l'obéissance vers le haut et du commandement vers le bas. C'est alors qu'il n'y eut autour du navire plus assez d'eau pour le mouvement des avirons. Nous avions en quelque sorte touché le sol ferme au milieu de l'océan. Outre l'épuisement prochain des vivres, la crainte nous dévora de voir le navire écrasé par la glace. Et en effet, dans les premières nuits où nous fûmes immobiles, malgré la précaution que nous avions prise de consacrer quantité suffisante de toiles et d'effets à ponter le navire de sorte que la neige, au lieu de nous ensevelir, nous procurait un toit, nous ne pûmes dormir tant menaçaient les grondements de la glace qui s'ajustait bruyamment autour de nous. Je comptais sur la souplesse du navire, assemblé avec des liens, suivant l'art de nos aïeux, et non chevillé ni cloué à force, pour se plier à cette étreinte. Il me fallut bientôt reconnaître au bâillement des clins, et à la rupture des cordes et des lanières par lesquelles ils étaient joints, que le navire allait bientôt être écrasé, fragile coquille dont nous n'étions que la molle chair intestine. Le danger devenant pressant, nous rassemblâmes tout notre monde en pleine nuit, sous la neige et dans l'obscurité, pour arracher le navire à la glace en le hissant à sa surface.

Jamais depuis la Passion du Christ il n'y eut d'efforts si douloureux d'une si misérable humanité. Pourtant ces épreuves furent peu de chose auprès de celles qui suivirent, et, si blasphème il y eut, il sera pardonné par dérision s'il ne peut l'être par miséricorde. Nous réussîmes en deux jours et deux nuits d'efforts à sortir le navire de sa prison et, après l'avoir démâté, à le renverser sur la glace pour en faire une sorte de maison. Voile, caisses, effets, objets de toute espèce furent amarrés dans ses hauts, devenus son bas, pour ménager une sorte de mur entre la coque retournée et la surface de la glace. Afin de résister au vent, ces choses y furent attachées en perçant dans la glace de profonds trous passants où nous bouclâmes cordes et lanières. Le navire lui-même fut assujetti par de fortes cordes courant sur sa quille d'un bord à l'autre. Cette organisation, à laquelle je dois de pouvoir faire ce rapport à Votre Éminence, est due à l'esprit ingénieux du Capitaine et du bosco, les meilleurs hommes après saint Joseph, qui pourtant ignorait tout des périls de la glace. Malgré leur impiété notoire, Votre Éminence comprendra qu'ils durent être inspirés par le Saint-Esprit.

Je vis venir nos fins terrestres avec celle de la dernière caque de harengs. Le Capitaine et le bosco essayèrent de pêcher par un trou de la glace, comme dans les lacs de nos pays. La glace était déjà trop épaisse ; au demeurant, si loin de la côte, pour ainsi dire en pleine mer, qu'aurait-

34

on pu prendre en pêchant au trou? Alors que la mort menaçait, ils partirent sur la glace, le ventre vide, dans l'espoir (que je n'encourageai pas) de rencontrer du gibier. Ils avaient entendu dire que les ours blancs s'aventuraient loin sur la banquise. Ils disparurent un matin sous la neige tombante, sans prendre garde que celle-ci effaçait leurs traces, et sans s'assurer d'un moyen de nous retrouver si la tempête ou le brouillard venait à nous dissimuler à leur vue. Les hommes de nage, saisis entre la pitié et la faim, les supplièrent à genoux de ne pas s'éloigner tout en souhaitant qu'ils le fassent. Les instructions de Votre Éminence, et la nécessité de conserver un chef à cette expédition, m'empêchèrent seules de me joindre à eux. Peu de temps après leur départ, alors que je tentais de remplacer les aliments par des prières, et que les hosties ayant été volées et mangées j'étais empêché de célébrer la messe, l'un des hommes se coupa la main pour la dévorer. Il nous dit en pleurant que, gelée, elle ne pouvait plus servir à rien. Car le froid ajoutait à nos souffrances ; la rudesse de nos hivers et l'horreur de nos glaciers sont, en comparaison, comme la douceur des jardins d'Italica. Aux tourments de la faim et du froid, vint s'ajouter l'odeur de pourriture qu'exhalaient les membres gelés, et dont la description ne peut sans ignominie être confiée au parchemin. Malgré l'inanition, je trouvai dans les ordres de Votre Éminence la force d'exercer les miens, et évitai ainsi d'en perdre aucun. Hélas, plusieurs des hommes n'eurent pas ce courage, et je dus en amputer plus d'un, à la hache, recousant les plaies avec du fil à voile. Leurs gémissements arrachèrent à mon cœur le peu de sentiment que le froid y avait laissé. Je leur défendis d'imiter leur compagnon en mangeant la chair infecte dont je les avais séparés. L'un d'eux me répondit qu'on n'était pas en carême, et dévora ses propres orteils. La compassion m'empêcha de punir ce blasphème. Les hommes de nage étaient trop faibles pour songer à une mutinerie, et il ne me fut pas trop difficile de contraindre leur impatience dans les brodequins de mon autorité. En observant les astres, je découvris que la glace dont nous étions prisonniers se déplaçait vers le sud, et nous avec elle, et que l'orientation du bateau avait changé par rapport à la voûte céleste. Votre Éminence ne croira pas, et c'est pourtant la vérité, que nous nous déplacions vers le sud en tournant sur nous-mêmes, comme les aiguilles de la grande horloge de la cathédrale de Nidaros. Après un nombre de jours que la souffrance des hommes ne peut pas compter, le bosco reparut, sans le Capitaine. Je soupçonnai que l'extrême nécessité l'avait conduit à renouveler dans le crime le sacrifice d'une abominable messe où il se serait nourri de la chair d'un autre homme. À genoux, il me jura n'avoir fait qu'obéir au Capitaine en cherchant son salut dans un retour vers notre abri, alors que le Capitaine poursuivait seul son chemin en quête de gibier. Le bosco m'assura ne pas avoir mangé ni dormi pendant quatre jours, et je le crus. J'imputai à un miracle qu'il ait pu retrouver le navire : il me dit qu'ayant marché de longs jours il ne pensait pas s'en être éloigné de plus d'une lieue. Il s'était conduit grâce aux constructions remarquables de la glace, dont la neige n'avait pas entièrement estompé les formes, qu'il avait fixées dans sa mémoire par leur ressemblance avec des figures familières d'églises ou de montagnes de sa vallée natale. Il y avait miracle du fait même, lui dis-je, qu'il nous avait retrouvés sans miracle. Il pleura de reconnaissance quand je lui fis manger un morceau de lard rance que j'avais sauvé dans une resserre secrète. Le Capitaine apparut le lendemain, presque mort de faim et de froid, halant le corps d'un ourson par des lanières passées autour de ses épaules. Cet ourson en annonçait un autre, avec sa mère, tués et abandonnés à deux jours et deux nuits de marche ; il était notre salut et jamais une hostie, que Votre Éminence pardonne cet appétit terrestre, ne fut consommée avec autant de ferveur. J'en fis une distribution inégale, donnant les morceaux les plus gros, et les meilleurs, aux hommes les plus utiles pour aller chercher le reste de la provende : le Capitaine, le bosco, et deux hommes de nage qui, d'après leur mine, me parurent les plus éloignés de la mort, et que le gel avait épargnés. Ils se ruèrent sur la viande crue avec des grognements de bêtes fauves, enfonçant leur visage comme des mufles dans le sang coagulé. Malgré les misères que me fait connaître mon ministère,

37

je compris alors pour la première fois à quels abîmes la privation peut faire descendre ceux que Dieu a créés à son image, et j'en conçus, n'en déplaise à Votre Éminence, quelque pitié pour les vices des pauvres. J'eus peu de mérite à ne pas manger cette chair pour laquelle j'éprouvais un dégoût qui me tint lieu d'abnégation. Les observations du Capitaine lui donnaient à penser que la glace qui nous emprisonnait se rapprochait de la côte en dérivant, et qu'on pouvait espérer trouver d'autre gibier et, peut-être, faire terre ; encore que la terre en cet endroit pouvait être plus inhospitalière que la glace. Il organisa une équipe, munie d'arcs et de lances, pour aller chercher les ours qu'il avait laissés sur place et entreprendre une nouvelle chasse. Je bénis leur départ avec autant de componction que s'il s'était agi de remettre des péchés qu'ils n'avaient pas commis. Je fus traversé par l'idée impie que notre salut dépendait moins de Notre-Seigneur que de l'agilité de ces hommes. Ils revinrent quatre jours plus tard en traînant derrière eux des quartiers d'ours gelés et le corps d'un lion de mer. Que des chrétiens puissent manger cette abomination, voilà qui dépassait mon entendement, que la faim éclaira sur ce point. La peau de ces animaux est garnie d'une sorte de lard que nous apprîmes à brûler en y trempant des mèches faites avec des chutes de cordages. Le froid nous donnait une telle fringale de gras que nous étions partagés entre le désir de consommer ce lard et celui d'en tirer de la chaleur. L'inspiration de la lumière divine, et le souvenir des langues de feu de la Pentecôte, jour de notre départ, nous firent heureusement préférer ces dernières. Autant que le peu de nourriture c'est ce qui nous sauva d'une mort certaine. Ceux des hommes dont les entrailles se soulevaient à manger cru, et qui rejetaient tout ce que la faim leur avait fait absorber, purent ainsi manger cuit et chaud. Votre Éminence aura peine à croire que certains allèrent jusqu'à manger ce que d'autres avaient vomi. Cette pratique cessa avec les flammes sur lesquelles nous cuisîmes notre vil ragoût. Grâce à des chasses de misère nous restâmes des mois à occuper ainsi notre faim sans jamais la satisfaire, et, grâce à deux lampes qui brûlaient nuit et jour et que nous gardions comme des vestales, à nous maintenir au bord de la vie avec assez de froid pour en être tourmentés sans trêve mais pas assez pour en mourir. La vapeur de nos haleines gelait sous la coque renversée de *Court Serpent*, qu'elle recouvrit bientôt d'une couche de givre noirci par la suie. À la Saint-Révérien nous aperçûmes la côte de la Nouvelle Thulé. Un canal s'ouvrit dans la glace, et je fis mettre à la mer. Dédale n'a pas construit de labyrinthe plus infernal que celui que nous parcourûmes dans la glace dont le vent portant au sud-ouest ne nous permettait de suivre qu'avec peine les embarras et les contours. C'est à nouveau le labeur des avirons qu'il fallut solliciter ; l'épuisement des nageurs devint tel que le Capitaine, le bosco et moi-même nous dûmes pour les soulager nous mettre aux postes de nage, éprouvant la grandeur qu'il y a pour des hommes libres à assumer volontairement la condition des forçats. Au moins cet effort nous épargnait-il le froid aux mains et aux pieds, pauvrement enveloppés dans des lambeaux de peau d'ours. Votre Éminence aurait eu de la peine à reconnaître le légat, le protonotaire, le propréfet et l'inquisiteur dans le matelot du dernier degré, couvert de haillons et d'eschares, que j'étais devenu pour le salut commun et l'accomplissement de ma mission. Ayant viré en eau libre le cap où le sud permet enfin de faire au nord, nous parvînmes le mercredi des Cendres dans des parages où la mer pénètre profondément entre les montagnes, et dont cette configuration nous rappela le pays natal. Nous comprîmes par là que nous étions proches des établissements chrétiens où Votre Éminence m'avait dépêché. Qu'elle imagine toutefois une immense table de glace s'écoulant vers la mer entre les montagnes, et y enfantant à son tour en mugissant des montagnes de glace dix fois plus hautes que la cathédrale de Nidaros et même que celles des rois francs, navires morts menaçant de mort tous les navires. Qu'elle imagine aussi que ces fjords, couverts de neige et encombrés par le gel de la mer, offrent un spectacle de désolation où le vent et le froid ne laissent pousser aucun arbre ; et Votre Éminence comprendra pourquoi je doutai bientôt de la pertinence de son mandat et de la présence de chrétiens dans ces confins désolés.

J'en vins à douter de la tradition qui faisait de ces rivages une lointaine et ancienne colonie de notre patrie, et des annales d'Islande qui en témoignent, auxquelles j'avais appris à faire crédit bien qu'elles soient écrites en langue barbare. Cent fois j'hésitai à embouquer un de ces fjords pour y faire pénétrer *Court Serpent* vers l'intérieur des terres. C'est avec angoisse que j'eus recours aux descriptions des anciens pilotes pratiques, que la sagesse de Votre Éminence m'avait permis d'emprunter aux archives de son chapitre, mais dont l'imprécision fait qu'on n'y reconnaît rien. Aux tourments du doute s'ajouta, pour le Capitaine et pour moi, celui des certitudes trompeuses : à peine croyions-nous reconnaître une île, un cap ou un autre amer, que la relation des pratiques était contredite par celle de ce qui suivait. Nous fîmes côte partout où le permettait la glace, et, après nous être restaurés grâce à la chasse qu'autorisaient ces escales, nous explorâmes les environs sans rencontrer âme qui vive. Nous eûmes cependant la joie de tuer un renne en tout point semblable à ceux des troupeaux que conduisent nos barbares du Nord et dont ils boivent le lait. Nous fûmes transportés de l'espoir que ce renne annonçât lui aussi des troupeaux semblables et de semblables pasteurs. Mais nous ne vîmes que des rennes sauvages, grattant la neige en quête de mousse. Notre déconvenue fut à peine tempérée par le plaisir de manger une viande qui ne puait pas le poisson. C'est au cinquième jour de carême que par un froid atroce nous aperçûmes, à l'entrée d'une passe, deux gnomes vêtus d'une peau huileuse qui les cousait en quelque sorte à d'infimes esquifs qu'ils élançaient à force de rames dans les labyrinthes de la glace. Ce n'étaient pas là nos chrétiens, et nous les tuâmes de quelques flèches bien ajustées. Le vent étant portant et la glace peu jointive, je décidai de nous y aventurer : les gnomes y trouvant à vivre, fût-ce à la façon des animaux marins, on pouvait espérer qu'y subsistaient aussi les chrétiens perdus. Nous passâmes à la voile entre deux grandes îles, sur le rivage desquelles nous crûmes voir quelques misérables huttes de pierre enfouies sous la neige, d'où ne s'échappait nulle fumée.

Nous passâmes cinq jours cruels à remonter vers sa tête le fjord où nous étions engagés. Le vent étant contraire, les hommes de nage à peine mieux que morts et la glace nous contraignant à d'incessants détours, je comptai notre progression à moins d'un tiers de mille par heure. Cette lenteur fera comprendre à Votre Éminence la pertinence du nom porté par notre navire, dont je pouvais dire qu'il rampait comme un serpent. Votre Éminence percevra le martyre que nous souffrions sans qu'une main païenne vienne en nous l'infligeant lui conférer valeur de rédemption. Pécheurs, nous endurions un supplice patibulaire dans l'amère certitude qu'il ne rachetait aucun péché. J'aurais pu prétendre devant

Dieu le subir au service de Votre Éminence, qui n'est autre que le sien. Mais lui qui voit dans les cœurs, et Votre Éminence que la politique rend habile à en pénétrer les secrets, auriez percé la disposition où je cherchais le salut d'un port dans d'autres considérations que celui de mon âme. Je doutai jour et nuit de trouver au fond de ce fjord le bon peuple chrétien qui nous aurait réconfortés, sans songer que j'attendais ainsi de ce peuple le secours que j'étais censé lui apporter. Cette inquiétude me tenait éveillé toutes les nuits, pour autant que ne l'aurait fait le choc des rocs de glace que dans l'obscurité le timonier était impuissant à éviter. La liste des péchés que commit ma pensée pendant ces longues nuits dépasse celle de mes souffrances. Pourtant, à l'aube du sixième jour, à quelque quarante milles de l'embouchure où les gnomes nous avaient accueillis au prix de leur vie, nous aperçûmes au vent à nous, perdue dans un désert de neige à l'ubac d'une immense falaise de roc et de glace, une maison de chrétien surmontée d'un panache de fumée. Elle ressemblait par sa forme et sa construction à celles de la patrie. Certes, on ne pouvait la comparer aux magnifiques bâtiments de Nidaros ni même aux chaumières de nos paysans. Mais chrétienne, cette maison l'était au-delà de tout doute, faite de pierre à deux pignons, avec un toit à double pente recouvert de tourbe, et une cheminée. Un chenal libre de glaces nous permit d'accoster. Au mépris du froid qu'adoucissait l'ardeur de ma joie j'embrassai le sol de la Nouvelle Thulé, remerciant le Seigneur de nous avoir permis d'y parvenir en chrétiens devant des chrétiens. Le jour était alors levé, bien que le soleil restât caché derrière les montagnes comme en cette saison il devait le faire jusqu'au soir. Nous fûmes surpris qu'à l'heure où, même en hiver, s'éveillent les maisonnées des champs, on ne vît alentour ni mouvement ni travail. Un spectacle insolite nous attendait dans l'enclos qui séparait la maison du rivage. Des moutons y mouraient, empêchés de se relever par le givre qui, enchapant leur toison, les maintenait au sol. Ces lamentables bêtes remuaient à peine, tuées par la faim que leur immobilité empêchait d'aller satisfaire en fourrageant sous la neige et la glace. Une vision bien pire nous attendait dans la maison. Au milieu de la plus sordide saleté et du plus grand désordre, dix cadavres gisaient sur le sol et le lit familial, égorgés, transpercés et mutilés de telle sorte que seul le nombre des têtes nous permit d'en faire le triste décompte. Consternés de cet accueil silencieux, je craignis devoir rapporter à Votre Éminence que le pastorat qu'elle me confiait ne concernerait que des âmes. Encore fallait-il que ces corps en aient jadis abrité une. La faim peut-être, et quelque autre maladie, les avaient amaigris à un degré monstrueux, la peau ne formant qu'un linceul pour les os qui auraient dispensé de toute dissection un maître d'anatomie ; la peau était couverte de scrofules noirâtres, d'élévation et de surface médiocres, signature du

44

démon, pouvait-on croire, ou, pour les femmes et les filles, d'incubes sous lesquels aurait gémi leur expirante volupté. Une écume jaune ou rouge s'échappait des lèvres de quelques-uns; le sang avait jailli des blessures sur les murs et jusqu'aux lambourdes qui supportaient le grenier. Un des hommes de nage, que j'aurais cru moins délicat, vint ajouter la pestilence de sa vomissure à l'odeur des excréments relâchés par les entrailles encore chaudes des morts. Car ce carnage avait précédé de peu notre arrivée. Le feu de tourbe brûlait encore. J'observai dans un coin le cadavre affreusement déchiqueté d'un singe, non sans surprise, car je savais cet animal inconnu des régions boréales. Un chien léchait les blessures des morts sans qu'on pût savoir si c'était par compassion ou par avidité. Nous le battîmes et le fouettâmes, et il s'enfuit sur la neige en pleurant. Je fis mettre mon monde à genoux parmi cette scène de désolation et je dis quelques paroles de l'office des morts. Je renonçai en raison du gel à donner à ces gens une sépulture chrétienne, qu'au demeurant certains ne méritaient pas si leur mort les avait surpris dans quelque commerce diabolique; aussi je me demandai si nos prières relevaient d'un pieux calcul où leur inefficacité sur les méchants aurait été compensée par leur bienfaisance sur les bons; ou si elles participaient du sacrilège d'avoir en quelque façon prié pour des démons.

Nous fîmes le tour des pauvres bâtiments à la recherche de survivants. Nous ne trouvâmes dans l'étable que quelques vaches au pis desséché, et un cheval aux pieds si mal parés que les sabots, d'une hauteur démesurée, empêchaient le pauvre animal de se tenir debout. Tous périssaient de faim devant des mangeoires vides. Nous en conclûmes que le foin manquait, ce qu'avéra la visite du fenil. Les plus endurcis de mes compagnons, qui pourtant avaient eu leur compte de souffrances, pleuraient à l'aspect d'un dénuement guère moins extrême que le leur : ce qui ne les empêcha pas de tuer sans retenue et sur-le-champ un cochon, ou plutôt un fantôme de cochon, qu'ils avaient découvert dans la porcherie attenante à la maison et à peine plus sale que celle-ci. Ils achevèrent aussi quelques moutons agonisant sur la glace. Ils renoncèrent à faire de même des vaches et du cheval, le poids de ces animaux, quelque maigres qu'ils fussent, rendant la tâche de les transporter jusqu'à notre navire trop rude pour leur épuisement ; ainsi la fatigue et la faim leur enlevaient-elles jusqu'aux moyens d'y remédier. Par un de ces caprices du climat si fréquents en ces extrémités du monde, le ciel se chargea de nuages et la neige tomba, recouvrant d'un épais tapis celle qui la précédait et qui n'était plus que de la glace. Je regrettai que s'effacent ainsi, avec les nôtres, les pas des meurtriers, dont la vue aurait été si utile à l'enquête que la fatalité mettait à ma charge. En effet, aucune trace n'était visible autour de la maison lorsque nous la quittâmes pour retourner à bord. Il nous fallut encore deux nuits et deux jours pour atteindre la fin de cette vallée de tourments. Nous marchions à force d'avirons contre le vent descendu du désert de glace qui occupe les hauteurs du pays. Ce vent chargé de neige nous transperçait de mille aiguilles, et le timonier s'orientait à grand-peine en longeant la côte par tribord. C'est peu avant la tombée du jour que nous touchâmes le fond du fjord. Je n'eus pas de doute que ce fût là même le lieu visé par vos instructions, car, malgré la neige et la lumière obscure du crépuscule, je devinai la figure d'une puissante église, toutefois sans clocher, entourée de quelques maisons. Une jetée, grossièrement construite avec de la roche et des piles de bois, s'avançait parmi les blocs de glace, destinée à l'accueil des navires, mais passé le musoir nous n'en vîmes aucun, ni accosté ni au mouillage, mais seulement quelques misérables barques tirées sur le rivage. L'endroit est entouré de hautes montagnes qui le protègent un peu du vent ; il me sembla que malgré sa solennité féroce des bêtes pouvaient y vivre et y soutenir la vie des hommes.

Je discutai avec le Capitaine du plus sage des trois partis possibles ; nous amarrer à la jetée, et sous son vent, position la plus facile pour décharger ce que nous avions à bord ; faire plage sous le vent, comme nos ancêtres lorsqu'ils venaient piller les monastères et enlever les nonnes pour le service de leur lubricité et de leur domestique ; ou enfin mouiller à quelque distance en attendant le jour. C'est, malgré les murmures des hommes de nage et la prolongation des souffrances qu'il infligeait à tous, ce dernier parti que me conseilla la prudence. Le massacre dont nous avions été sinon les témoins, du moins les héritiers, me fit, parmi d'autres et grandes raisons, considérer avec autant de circonspection que d'espoir l'accueil de mes ouailles prétendues. J'instituai donc un tour de vigie et fis établir au-dessus du bordage un mur de boucliers. L'aube tardive de la saison nous révéla tout le peuple assemblé sur la plage, dans un silence étrange, autour d'une grande croix portée par les plus vigoureux. Mais, soit que leurs pauvres barques fussent trop frêles ou trop disjointes pour venir jusqu'à nous, soit qu'ils doutassent de pouvoir regagner le rivage contre un vent furieux, soit simplement par crainte, ils n'avaient rien entrepris ni n'entreprenaient rien pour nous rendre visite en mer. Votre Éminence aura peine à croire que l'eau était froide à ne pas pouvoir y tomber sans mourir, et que, repêché, on aurait été aussitôt changé en statue de glace. Je ne lui décrirai pas les scènes de chrétienté qui s'ensuivirent. Avant de mettre pied à terre je pris pour me faire connaître la précaution de chausser une étole et un camail. On ne pouvait imaginer contraste plus absolu qu'entre ces ornements et les haillons qu'étaient devenus mes vêtements ordinaires : comme mes compagnons, j'étais engoncé dans des peaux d'ours et de renne, les jambes et les pieds enveloppés de chiffons et de lambeaux de cuir, et aurais-je pris soin d'emporter un miroir, instrument plus utile au courtisan qu'au marin, j'aurais vu que je ressemblais davantage à une bête féroce qu'à un ministre de Dieu. Mais étole et camail, posés sur cette toison sauvage, me servirent de passeport, et tout ce bon peuple m'accueillit à genoux. Je remerciai Dieu de ne pas m'avoir donné la vanité qui m'aurait fait prendre pour moi un hommage qui n'était destiné qu'à Lui. Ces malheureux, privés depuis des lustres des secours de l'Église, se traînaient à mes pieds dans la glace en pleurant de joie. Sans désemparer, et sans considération de la faim, ni du remugle que j'exhalais au point d'en être moi-même incommodé, j'allai aussitôt dire la messe dans l'église que je considérais déjà comme la mienne, tant pour rendre grâces de m'avoir guidé jusque-là, que pour recommander au Ciel les moins indignes des âmes dont nous avions recensé les corps martyrisés. Je fus heureux de trouver mes compagnons dans la même disposition : prosternés de gratitude pour les avoir conduits à bon port, et sans me tenir rigueur de ma sévérité qu'ils auraient pu taxer de cruauté, ni de celle du Capitaine, ils participèrent avec ferveur au sacrifice divin avant de sacrifier à la nourriture et aux femmes. Admirable priorité ! Singulier gouvernement de la vertu chez ces hommes plus habitués à l'autorité du fouet et de la corde qu'à celles du calice et du corporal ! Le Capitaine aussi, que je soupçonnais de faire plus confiance à l'observation des éléments qu'à l'observance des rites, fut à l'église, à genoux, au dernier rang comme les publicains. Loin des complaisances d'un fin politique, il voulait témoigner son obéissance au maître qui avait eu la chance de le commander, et sa reconnaissance au navigateur qui lui en devait tout autant.

Mes devoirs d'officiant me laissèrent le loisir d'observer les lieux et l'assemblée. Quant aux lieux, la grande église, délaissée par le culte, était abandonnée dans ses structures mais entretenue dans son ménage. Sur ce dernier chapitre, Votre Éminence apprendra avec émotion que, malgré la rareté du grain, des galettes de pain azyme avaient été préparées pour la Consécration. Les poutres du toit portaient autant le poids des siècles que celui de la tourbe qu'on y avait entassée au cours des âges, et qui par endroits s'était écroulée en démolissant le hourdis. Je n'en imaginais pas moins les prodigieuses cargaisons de bois qu'au péril de tant de navires et de vies il avait fallu acheminer depuis la patrie, à travers la plus cruelle des mers, pour construire charpente et chevrons. Car faute de terre et de soleil, et à cause de la fureur des vents, pas un arbre ne pousse dans l'immensité glacée de la Nouvelle Thulé. Ces voyages meurtriers étaient autant d'actes de foi montant comme un cri vers le Seigneur. Les médiocres fenêtres percées derrière le chœur avaient perdu leur vitrage, si elles en avaient jamais eu, remplacé ici par des vessies d'animaux grossièrement cousues, et là par de simples planches. La lumière de la vérité divine suppléait heureusement à celle du jour que la saison rendait chiche malgré la blancheur prochaine des glaciers. Pour solde, dans cette église, une pauvreté atroce, nul ornement, nulle statue, nul trésor : seule la maquette d'un ancien navire, semblable au nôtre, disposée comme ex-voto dans une chapelle absidiale, attestait la nuit des temps d'où venait ce petit peuple ; j'en eus le cœur serré. Quant à l'assemblée, je ne manquai pas d'observer l'émaciation de beaucoup, dont j'aurai ci-après l'occasion de discuter les causes pour le jugement de Votre Éminence ; causes plurielles ou cause unique suivant les opinions. Certains étaient disgraciés par les mêmes macules que nous avions découvertes sur les cadavres dans la maison du massacre. Tous ceux-là avaient l'air hanté des gens qui vivent dans la familiarité de leur propre mort ; le susurrement des *oremus* n'en avait que plus de ferveur ; la tristesse qu'inspirait leur condition le disputait à la joie de contempler une si grande piété. La connaissance des prières latines avait survécu à l'absence de gouvernement ecclésiastique, mais déformées par le temps et prononcées à la façon de la langue vulgaire. Tranchant avec la ferveur générale, j'aperçus au fond de l'église des publicains qui ne priaient guère. Ils me parurent différents du reste du peuple ; de petite stature mais de mine vigoureuse comme si l'impiété, en deux effets contraires, avait empêché à la fois qu'ils grandissent et qu'ils soient atteints par les pestilences.

Dans les temps anciens il n'existait pour les peuples de Nouvelle Thulé d'autre autorité que celles de l'Église et du Roi. Le long abandon où les ont laissés l'une et l'autre a fait que chaque fjord s'est donné un chef, et que souvent cette fonction, d'abord d'élection, s'est transmise de père en fils. Je supplie que cet usage ne soit pas accusé de rébellion ni de lèse-majesté. Il n'est qu'une faible image de l'ancienne république qu'avaient établie entre eux les maîtres de franc-alleu, avant que la Nouvelle Thulé ne se donne à notre royaume, lequel ne saurait reprocher à ces paysans perdus la nécessité où les a plongés sa propre négligence. Gardar est dans Einars-fjord, qui fut d'après les anciens sages le lot d'Einar lorsque les Normands venus d'Islande s'établirent en Nouvelle Thulé. C'est ce que me dit Einar Sokkason, fils de Sokki Einarson, lui-même fils d'Einar Sokkason, et ainsi de suite au long des générations, que le peuple de ce fjord reconnaissait alors comme chef. Un décret du Ciel avait donc disposé que je sois accueilli au bout du monde par un homme qui portait le nom de celui qui m'y avait envoyé. Je ne sus si je devais plus admirer cette coïncidence qu'en craindre une rébellion contre mon autorité. Mais mon cœur ne douta pas un instant que, d'Einar en Sokki, Votre Éminence, bien que demeurée au pays, fût l'héritier lointain de la même lignée.

Après la messe, Einar Sokkason me conduisit dans mes appartements, jadis résidence de l'évêque, si l'on peut désigner par ces mots le galetas qui en subsistait. Le maintien de la seule église, qu'ils appelaient pompeusement cathédrale, avait à ce point absorbé la peine de ces malheureux qu'il ne leur était plus resté assez de force, ni de ressources, ni d'espoir pour soutenir le logement d'un évêque toujours attendu mais toujours absent. Je décrirai plus loin à l'usage de Votre Éminence, avec les considérations qui s'y rapportent, la déchéance du vieux prêtre qui avait assuré la garde de la cathédrale pendant un demi-siècle après la mort du dernier évêque de qui il avait reçu l'ordination.

Je révélai à Einar Sokkason le carnage dont nous avions vu les restes encore chauds. La maison lui était connue mais n'est depuis Gardar accessible que par la mer ; il en coûte deux jours de marche sur la glace, en comptant avec les crevasses et les ravins qu'il faut contourner ; la glace est hérissée des reliefs qu'elle forme naturellement ; son inépaisseur traîtresse se plaît à engloutir le voyageur, de sorte qu'elle est assez solide pour embarrasser les navires et pas toujours assez pour qu'on puisse y marcher en sécurité. Il n'y a plus à Gardar de bateaux capables de parcourir vers ce lieu maudit le chemin que notre navire fit en sens inverse. Quant à y parvenir par la terre, ce qu'on pouvait faire en des temps plus heureux dont Sokki, son père, lui avait transmis la mémoire, Einar me fit connaître

53

qu'il fallait monter jusqu'au formidable plateau de glace qui s'étend sur tout l'intérieur, en traverser une dizaine de lieues et redescendre à travers mille crevasses, entreprise dont personne n'était revenu. Bien des années avaient passé sans qu'un habitant de Gardar ait rencontré quelqu'un de la ferme qu'on appelle des Vallées sise au lieu-dit Undir Höfdi près d'une église aujourd'hui abandonnée qui, jadis, appartenait à la cathédrale. Einar montra peu d'émotion en apprenant la mort de dix de ses dépendants. À mes questions sur les motifs et les auteurs possibles, il ne répondit que par l'indifférence ; endurci qu'il était par l'habitude de voir mourir autour de lui, et jusque parmi ses proches, des gens qui ne l'avaient pas mérité, sans violence autre que celles de la nature et de la famine.

L'ordonnance de ma relation différera de ce qu'a prescrit Votre Éminence. Quant aux églises, seule subsiste la prétendue cathédrale de Gardar. Il ne reste que ruines de ses chapelles en appentis, beffroi, étables, entrepôts, forge et autres usages, témoins muets d'une prospérité perdue, dont toutes les pièces de bois ont été pillées. Le trésor, s'il y en eut jamais, a disparu depuis si longtemps qu'il est sorti des mémoires autant que du trou qui a pu tenir lieu de crypte. Aussi bien l'or ne serait plus utile qu'aux passions de l'avarice : car le dénuement est tel que le plus riche n'en obtiendrait rien en échange. De même ont été volés ou accaparés bêtes, pacages et labourages capitulaires. Il est miraculeux que la foi ait survécu à l'évaporation de toute sa substance matérielle. Quant aux autres biens de ce monde, l'inventaire que m'a demandé Votre Éminence afin d'asseoir la dîme est une tâche légère. Il ne reste pour ainsi dire rien. Décrire la pauvreté de ces malheureux fait souhaiter la partager. La cruauté des hivers s'est tellement aggravée depuis l'Établissement que seules quelques dizaines d'arpents sont encore cultivées dans les parties les moins exposées ; encore faut-il que l'abri contre le vent ne le soit pas aussi contre le soleil, dont la course estivale est plus brève que le soupir d'un mourant. L'immense fleuve de glace qui descend du nord-est en grondant jusqu'aux portes des maisons souffle une haleine glacée. La vue des étables serre le cœur. Faute d'une bonne récolte de foin, les pis sont secs et les flancs creux ; les vaches ne sont plus en état de vêler. On les sacrifie pour survivre plutôt que de les laisser mourir ; on mange jusqu'à la moelle des côtes, on suce le cuir et les sabots, on gobe les yeux comme des œufs. Certaines maisonnées, plutôt que de brûler les excréments pour se chauffer, les mangent desséchés et pilés avec du son. Les moutons laissés sans abri n'ont plus la force de chercher à manger sous une glace trop dure. Bien des pères ont l'insupportable choix de tuer les bêtes pour survivre en sacrifiant la nourriture de l'année à la faim du présent, ou de mourir avec femme et enfants en voyant s'étioler leur troupeau. On murmure que certains trépas sont suivis d'immondes agapes, au point qu'il serait secrètement convenu que la chair des cadavres n'appartient à leur famille que si celle-ci compte au moins six âmes ; en deçà de ce nombre on partage entre voisins dans les proportions d'un abominable préciput. Faute de bois et de fer, qui arrivaient jadis d'Europe par bateaux de charge, on manque des instruments nécessaires à la pêche et à la chasse. Les barques prennent l'eau malgré les réparations faites avec de la mousse et de la colle d'os, ou au moyen de peaux de bêtes lacées autour de la coque. Ces soins ne prévalent pas contre la dislocation due au temps : j'ai connu de ces barques qui, malgré un rude service, venaient des arrière-grands-parents de leurs patrons. La glace empêche les bois de dérive arrachés aux rivages d'Europe ou de Markland, qui y parvenaient jadis, de voyager jusqu'à ceux de l'Établissement. Ainsi s'est tarie cette source précieuse propre à suppléer aux arrivages défaillants des bateaux venus de la patrie.

Einar Sokkason me donna la liste qui suit des fermes et lieux-dits, en me suppliant de ne pas en faire usage pour la dîme : nombre d'entre eux étant isolés depuis longtemps par la difficulté de leur accès, il n'avait aucune certitude quant à leur occupation. À Herjolfsnes se trouvent les fermes les plus au sud de l'Établissement, non loin du Port des Sables où les navires de charge venus d'Europe avaient jadis coutume de relâcher. De là les marchandises étaient acheminées par petits bateaux jusqu'aux fermes les plus reculées, au fond des fjords. Mais ce trafic a cessé à cause des progrès de la glace. On dit que tous les habitants ayant été exterminés par une peste, à cause de quelque impiété, ou par la famine,une grande fosse commune y avait été creusée pour les morts et par les morts avant qu'ils meurent. On pensait avec tristesse aux derniers vivants qui, mourant, n'avaient pas eu le temps de creuser pour eux-mêmes une sépulture chrétienne. Au nord de Herjolfsnes, se rencontre Ketilsfjord, ainsi nommé par son premier occupant, Ketil, compagnon d'Erik qui fonda l'Établissement. Il n'y a plus âme qui vive à Ketilsfjord ; la chose est d'autant plus déplorable qu'au temps des ancêtres y prospérait au lieu-dit Aros l'église de la Sainte-Croix, qui possédait tous les biens d'alentour, champs cultivés, pâturages, tourbières, bords et cours des torrents et rivières, lacs avec leurs poissons, falaises avec leurs oiseaux, îles, îlots et récifs, et jusqu'aux épaves si utiles par le bois dont elles étaient faites et le butin qui remplissait leurs flancs ; à ma demande d'avouer que s'y était exercée l'abominable industrie des naufrageurs, Einar me répondit que le peuple n'aurait pas ainsi risqué de gâter, au profit de quelques-uns, les richesses destinées à tous. Je laisse à Votre Éminence la tâche de peser la sincérité de ces dénégations. Sur la rive bâbord de Ketilsfjord, avant de parvenir à son extrémité, s'était établi, dans un endroit solitaire, au pied de terribles et gigantesques montagnes, un monastère obéissant aux règles de saint Olaf et de saint Augustin, et maître d'un territoire le disputant en immensité à celui de l'église d'Aros : au point qu'entre ces deux domaines ecclésiastiques ne subsistait aucun propriétaire de franc-alleu à qui l'on aurait pu soutirer la moindre dîme pour le salut de son âme. Mais, selon la rumeur recensée par Einar, peu importait ce partage, qui aurait été partage du néant puisque tout était mort dans Ketilsfjord depuis l'embouchure jusqu'au fond.

Au nord de Ketilsfjord vient Alptafjord, que n'avaient jamais occupé que de très médiocres fermes isolées, dont la mémoire des plus sages n'avait rien retenu de remarquable. Au nord d'Alptafjord se trouve Siglufjord, que possède ou possédait entièrement un couvent de Bénédictines. Le secret enveloppe le destin de ces femmes. À mes questions, je ne reçus d'Einar d'autre réponse qu'un silence contraint, qui laisse Votre Éminence et moi-même en proie aux plus étranges suppositions. Je ne peux croire que des religieuses aient survécu aux rigueurs toujours plus sévères de la nature, sans hommes pour les aider aux soins de la terre et des bêtes. Je me demandai avec inquiétude pourquoi, si cela était, Einar refusait de le dire, et, dans le cas contraire, de me dire ce qu'enseignaient la tradition ou la mémoire. Plus au nord encore, après Hrafnsfjord où sont deux fermes dont on est sans nouvelles depuis que la glace a resserré son étreinte, s'étend Einarsfjord où nous ont conduits vos réquisitions, Dieu, et notre navigation : on y trouve vingt-deux fermes dont, selon l'exposition au soleil et au vent, le travail des glaces de mer et de terre, et la santé des habitants, l'état varie de la plus abjecte misère à la plus modeste pauvreté. En voici les propriétaires :

Sur la rive droite au sud d'Einarsfjord, Egil Egilsson, Gudmund Skallagrimsson, Thorvald Björnsson, Solvi Hafgrimsson, Bjarni Sigurdsson, Snorri Thordarson, Jon Hakonarson ; sur la rive gauche au nord d'Einarsfjord, Arnlaug Stefansson, Leif Herjolfsson dont la famille vient lointainement d'Herjolfsnes, Steingrim Olafsson, Tyrkir le Teuton qui, dit-on, descend d'un compagnon d'Erik, et n'a donc plus d'allemand que le surnom, Jakob Krakason, Johannes Ulfsson ; à la tête du fjord et autour de Gardar, Einar Sokkason, Thorir dit l'Homme-de-l'Est, arrière-arrière-petit-neveu de serfs travaillant à Petursvik pour le domaine bénédictin de Siglufjord, Harald Ragnarson, Thorfinn Arnaldsson, Arne Arnarson, Sigurd Njàlsson dont un ancêtre du même nom avait eu en ces lieux une haute réputation de marin, Stein-Thor le Païen qui ne croit à rien et ne cesse de protester du contraire, Hermund Kodransson, et Simon Magnusson.

Ces vingt-deux fermes ou feux abritent trois cent vingt-sept âmes d'une piété variable, mais dont Einar ne doutait pas qu'elle fût réconfortée par ma présence.

Et toujours au nord s'étend le plus grand fjord de l'Établissement, Eriksfjord, où l'on peut encore se rendre à pied où même à cheval : en été il faut deux jours de marche le long de la mer et par collines et vallées, avec des passages très dangereux de torrents et à travers l'embouchure des glaciers. Deux étés se sont écoulés depuis qu'y furent ou qu'en vinrent les derniers visiteurs. Eriksfjord recense dix fermes appartenant à la descendance, réelle ou prétendue, d'Erik qui s'y établit dans la nuit des temps ; de sorte qu'aux noms anciens ou chrétiens d'Erik, Tryggve, Knut, Helgi, Brand, Fridrek, Olaf, Rasmus, Per, Solvi, Poul s'ajoute celui qui désigne cette descendance, Eriksson. Toutes ces fermes ont emprise sur ce qui fut le domaine d'Erik à Brattahlid. Pour connaître leur état et leur population, il fallait y aller voir, et interroger le chef que sans doute ces gens s'étaient donné ; mais Einar n'en savait pas plus.

La tradition veut qu'à une distance immense au nord d'Isafjord se fût constitué un autre Établissement, dont on est sans nouvelles depuis plus d'un siècle et dont on murmure que les habitants ont abandonné la foi et les vertus chrétiennes ; d'autres disent qu'ils sont tous morts, et l'on ne sait si ce n'est pas préférable ; mon cœur saigne à l'incertitude qui ne donne d'autre choix qu'entre la mort et l'impiété. Plus au nord encore, à une distance immensément plus grande, s'étendent jusqu'au sommet du monde les solitudes glacées où la tradition soutient que les ancêtres des ancêtres allaient chasser toutes sortes d'animaux. C'était avant que ne se constituât l'étreinte quasi permanente des glaces, et ils y allaient par la navigation. Ils en rapportaient de la viande d'ours et de bœuf musqué qu'ils salaient et séchaient sur place, des lièvres de neige et des oiseaux gras conservés dans la glace ou l'huile de baleine, et, pour le commerce, des peaux d'ours, de renard et autres animaux, ainsi que du cuir et des défenses de licorne et d'éléphant de mer, heureux substitut qu'une pieuse supercherie faisait passer pour de l'ivoire. Ainsi les pauvres nourrissaient-ils leurs familles en satisfaisant à peu de frais l'appétit des riches, tout en pourvoyant aux ornements du culte. De Greipar et de Krogsfjord ils rapportaient aussi le bien le plus précieux qu'était le bois de dérive. Vers ce nord absolu le caprice des courants et des vents conduisait en effet les troncs et les branches flottants arrachés aux terres nouvelles, Helluland, Markland et Vinland, dont on parlait avec la révérence craintive due à un paradis irrémédiablement perdu. De ce bois dont la valeur dépassait celle des bijoux de Palmyre dépendait la construction des bateaux qui permettaient à ces malheureux de ne pas attendre, comme un vain messie, le courrier d'Europe, mais d'aller eux-mêmes y vendre leurs peaux et leur faux ivoire, en chargeant comme fret de retour les biens nécessaires à leurs Établissements. Mais ces temps, comme j'ai dit, étaient révolus.

Einar Sokkason m'instruisit du seul prêtre survivant; encore faut-il un mélange inouï d'audace et de foi pour persévérer, sur la seule force de l'ordination, à parer du beau titre de prêtre le monstre porcin qu'il traîna à mes pieds. Je remerciai le Ciel que ce misérable ne fût plus en état de célébrer le Saint Sacrifice qu'aurait profané son abjection. Couvert de poux, la bouche encombrée d'une mousse glaireuse aux émanations impures, et tenant par la main une petite publicaine à peine pubère, il vomit cent blasphèmes que l'absence de toute boisson forte dans cette extrémité du monde privait des excuses de l'ébriété. L'obscénité de ses relations avec la jeune sorcière éclatait dans tout son discours. La fornication était chez lui un motif de gloriole dans le moment même où le blasphème tendait à l'en absoudre. D'abominables détails, que je ne saurais transcrire ici, rendaient plus odieuse encore la discordance entre son âge et celui de l'enfant qu'il osait appeler sa femme; des deux on ne savait qui avait perverti l'autre, la nature devant rappeler chez le vieillard une innocence que la jeunesse n'a pas encore perdue. Je décidai sur-le-champ de les faire périr par le feu l'un et l'autre, lui pour hérésie, apostasie, profanation des sacrements et sodomie; et elle pour commerce immoral obtenu par la sorcellerie. Il me sembla qu'il y aurait dans ce double supplice le double bienfait premièrement d'asseoir mon autorité en épargnant par une sévérité immédiate la nécessité future de sévérités plus grandes ; et deuxièmement de punir les péchés des condamnés.

J'ordonnai qu'ils soient brûlés le lendemain même. Un obstacle s'opposa à mon dessein par le manque de bois ; je dis qu'on utilisât du foin et de la paille, sur quoi Einar me fit comprendre qu'ils manquaient pour les bêtes et que la famine s'accroîtrait de cet usage, quelque modeste qu'il fût par la quantité. On convint donc que les deux condamnés seraient brûlés par un mélange de tourbe et d'huile de phoque, d'où une sage économie d'aliments pour les bêtes et une grande lenteur du supplice, propice à une juste expiation. Lorsque arriva pourtant l'heure du bûcher, les publicains s'assemblèrent en tumulte et je dus requérir la protection de mes hommes d'équipage. Aux supplications des femmes, émues par le sort de l'une d'entre elles, parmi les plus jeunes, je répondis qu'il y avait de ma part de l'humanité et de la douceur à infliger la peine du feu, car une si grande offense, suivant la coutume de nos pères, aurait été soumise à la procédure dite des arbres courbés, où l'on suspendait les suppliciés par les pieds au faîte de deux arbres fléchis jusqu'à terre que l'on relâchait brusquement en coupant les cordes qui les reliaient au sol, de sorte que le corps des condamnés se fendait en deux comme une carcasse de bœuf. Je dis à ces pauvres femmes qu'ému de compassion je ne voulais pas que l'on pût juger ma sévérité excessive, ni considérer qu'elle ne répondait plus aux nécessités de notre temps. Au surplus, il n'y avait pas d'arbres où l'on pouvait trouver l'outil d'une telle exécution ; mais je crus peu utile de disserter là-dessus.

Je mis quelque temps à comprendre ce qu'étaient ces publicains, car nul n'en parlait ouvertement ; Votre Éminence aura sans doute en me lisant trouvé la clé plus vite que je ne fis en les côtoyant chaque jour. Ainsi vont les lumières dispensées par l'Esprit. S'ils n'avaient pas le statut d'esclaves, ils en avaient la condition. C'étaient les bâtards et les descendants des bâtards que nos Normands, dans l'abjection de leurs mœurs, avaient engendrés avec les femmes et les filles des gnomes qu'ils appelaient *skrælingar*. Depuis la grande glaciation, ceux-ci ont pris possession de l'embouchure des fjords où ils trouvent les nourritures infectes qui conviennent à leur goût. Ils l'ont fait dans le petit nombre et avec la furtivité de sauvagine propres à leur espèce. Au cours des années sont advenus des rencontres, des tueries, et quelque commerce, dont celui des femmes que ces gens vendent volontiers contre des armes et des apparaux de chasse. C'est ainsi que nos chrétiens ont follement échangé la sauvegarde de leur avenir (puisque ces objets ne peuvent plus se renouveler) contre les joies passagères de la luxure. On m'a dit que ces femmes y étaient très propres, par leur soumission et leur douceur, mais qu'elles se flétrissaient aussi vite que les fleurs des montagnes, de sorte qu'aux délices de la chair succède bientôt le fardeau d'un entretien d'autant plus lourd que la pauvreté est générale. Aussi s'est établi chez nos chrétiens l'usage d'asservir cette descendance, qui paye ainsi sa subsistance, et celui, que je frémis à relater, d'attirer dans leur lit les produits déchus de leurs propres fornications : on voit que les réquisitions de Votre Éminence procédaient, sur ce point, d'une exacte prémonition. Ces publicains ne sont chrétiens que des lèvres et des dents. Mis au ban des familles mêmes auxquelles ils appartiennent par le sang, réduits aux offices les plus bas et à l'esclavage de rapports imposés, ils rejettent de leur cœur les enseignements de l'Église qui leur sont mesurés par la foi chancelante de leurs maîtres. C'est ainsi que leur existence prolonge en les aggravant les vices dont ils sont issus. Avec Einar et mes hommes, je réfléchis à les exterminer tous. Mais, outre qu'il y aurait eu dans une telle entreprise je ne sais quoi de peu chrétien, je compris vite à quels intérêts elle se serait opposée. Seuls les plus pauvres, les plus malades et les plus faibles étaient sans posséder de tels publicains. Si d'aventure ces malheureux en produisaient dans des rapprochements illicites, événement peu fréquent en raison du discernement des publicaines, plus inclinées à forniquer avec ceux que le sort favorisait, ces enfants s'éloignaient des maisonnées qui les avaient vus naître pour aller s'offrir à moins mal loti.

Mais je perçus qu'il existait entre les publicains et les chrétiens des liens d'une tout autre subtilité. Les publicains, me dit-on, échappaient dans leur généralité à la maladie scrofuleuse, parenchymateuse et pestilentielle qui ravageait le peuple chrétien. D'où, malgré leur nonchalance naturelle, une vigueur préservée pour la chasse et la pêche aux frontières de la glace; quant à l'élevage et au peu de culture permis par le climat, ils n'en sont pas capables, leurs ancêtres n'en ayant jamais eu le goût ni l'occasion. De sorte, me dit-on, qu'autour des feux où ils sont nombreux, les publicains assurent une part grandissante des moyens de subsistance, et que d'esclaves ils peuvent quelquefois, dans un affreux retour des choses, devenir les maîtres de leurs maîtres qui, à défaut de les tuer en cas de manquement, n'osent plus les fouetter si même ils en ont encore la force.

La contrainte de l'hiver fit place à la relâche d'un court été, qui apporta au peuple un peu de soulagement grâce à la pâture des bêtes. Nous eûmes, mes compagnons et moi, quelque plaisir à retrouver l'eau douce dans son état liquide, grâce à quoi il nous fut possible de nous laver, ce que nous n'avions pas fait depuis notre appareillage à Kirkesund l'année précédente. J'admirai que Dieu compensât par la profusion soudaine des fleurs la pénombre qui l'avait précédée. Une main publicaine illumina mon taudis de bouquets régulièrement renouvelés. J'eus la chance qu'autour du solstice, malgré la proximité des montagnes à notre sud, un rayon de soleil vînt y éclairer saxifrages et potentilles, que Saxons et Français appellent quintefeuilles. Mais la gaieté du temps fut assombrie par de grandes et tracassantes affaires.

Le supplice du prêtre indigne et de sa publicaine fit, certes, reculer la pratique de la réduction en servitude, mais pas celle de la fornication et de l'inceste. J'eus la tristesse de découvrir que par un de ces retours dont le Malin a le secret, c'étaient maintenant des femmes chrétiennes qui se donnaient aux publicains, y compris leurs fils et pères par le sang, pour s'en assurer aliments et entretien ; car la vigueur de ces hommes, et leurs talents à la chasse, en faisaient désormais des compagnons plus désirables que des maris chrétiens, affaiblis par la maladie et la faim. J'en arrivai à ce point de considérer ce péché avec peu de sévérité, comparé au désastre qu'était chez ces femmes le crime d'apostasie. Car les publicains avec lesquels elles s'appariaient pour vivre, quelque enseignement évangélique qu'ils eussent reçu, et malgré ma présence dans la cathédrale, retournaient à l'art maléfique de leurs ancêtres qui n'adoraient que les choses de la nature, telles que le vent, la glace, les cours d'eau et le gibier, à qui, dans leur ignorance ou leur perversité, ils attribuaient un esprit et une volonté vengeresse ou rémunératrice. Leurs concubines chrétiennes en furent contaminées.

Mes hommes et moi en surprîmes plus d'une à mêler en une épouvantable synthèse, et dans les lieux mêmes du culte, les conjurations du barbare et les prières du chrétien. Il n'est jusqu'à la langue qui n'en fût corrompue, où s'associaient avec la latine celle de la patrie et le patois inintelligible de ces chasseurs. J'encourageai Einar Sokkason à réunir l'assemblée du peuple, en lui promettant que mes hommes, qui s'armeraient pour la circonstance, en tiendraient écartés les publicains. Einar fit l'éloge de ma grande fermeté dans le combat contre l'irréligion, rappela pour m'en louer le juste supplice du vieux prêtre et de sa compagne, déplora le progrès du paganisme et l'inconduite des femmes avec les publicains. « N'en voit-on pas, s'écria-t-il, qui, non contentes de les accueillir dans leur lit, et de vivre dans une sorte de prostitution où leurs caresses sont payées par quelques lambeaux de viande de phoque, n'en voit-on pas qui s'attachent à eux au point de quitter leur foyer et d'aller vivre avec eux la vie des bêtes sauvages ? Regardez leurs dents, et éloignez de vous celles dont la mâchoire est usée par la mastication des peaux. C'est un travail impie qui souille des bouches destinées à recevoir Notre-Seigneur. Humez leur odeur et rejetez celles qui sentent le fraîchin et l'ammoniaque, car c'est le signe qu'elles s'adonnent, telles des publicaines, à la coutume de laver leurs cheveux dans l'urine. Répudiez vos femmes et chassez vos filles si vous les surprenez à l'exercice de pratiques païennes. Qu'elles meurent plutôt que d'y céder. » Je pris à mon tour la parole. « Pourchassez l'infidélité qui s'infiltre dans la foi. Ne tolérez plus à l'office, au fond de la cathédrale où je vous dispense les bienfaits du culte, ces tambourins, ces baguettes d'ivoire de morse, ces danses d'ours en cage qui accompagnent trop souvent les hymnes que je vous ai rappris. Dénoncez ceux des publicains qui oseraient se poser en prêtres ; je les ferai brûler. Vous les connaîtrez par la multitude de leurs dieux, vous qui n'en avez qu'un seul, par leur croyance qu'il existe une grande âme dans la Lune et que les morts se réincarnent dans ceux à qui l'on donne leur nom. Ne confondez jamais incantation et prière. » Einar, emporté par la passion, trahit ma mansuétude et la circonspection de ma politique en mettant aux voix un massacre général. Je contestai du mieux que je pus la licéité d'un tel vote. Il n'appartenait pas au peuple, dis-je, de se substituer à l'autorité de l'Église dans une question touchant au dogme et à la pratique : j'avais été délégué à cette fin. Quelques anciens défièrent mon autorité en arguant, contre toute raison, qu'il s'agissait là d'une dispute civile. Les publicains ne leur volaient-ils pas leurs femmes ? Dans les circonstances les moins criantes, n'étaient-ils pas des domestiques, des brassiers de ferme suspects de rébellion ? Beaucoup en outre étaient des bâtards dans les maisonnées, et c'était à leurs pères d'exercer librement sur eux l'autorité extrême que leur confiait la coutume. J'eus beau répondre, sur ce dernier chef, que l'Évangile ne donnait au père aucun droit sur la vie de ses enfants, ils me répliquèrent par la Bible et Abraham, qu'un savoir inattendu ressuscitait dans ces têtes paysannes. L'assemblée prit fin dans la confusion et les cris de mort ; elle se répandit sur le rivage, autour des maisons, à la recherche de qui massacrer. J'eus à faire donner mes hommes qui, de gardiens de l'assemblée contre les publicains, devinrent défenseurs des publicains contre l'assemblée. Dieu ne voulut pas que ce fût sans verser le sang. Ainsi moururent trois chrétiens des plus notables, mais pas avant d'avoir tué un nombre égal de publicaines. Ainsi me trouvai-je en guerre contre le troupeau dont j'étais le pasteur. Quelques-unes de ces femmes, éplorées de supplication, se traînèrent sur la grève en étreignant mes genoux. Le sang de leurs blessures rougissait la neige fondante. Je leur fis comprendre à la fois que je m'étais institué leur protecteur mais qu'il ne leur appartenait pas d'embrasser à la légère le légat de Votre Éminence ; je fis fouetter l'une d'elles, qui en mourut sans que je l'eusse ordonné. Je ne pus empêcher que son corps ne fût jeté aux chiens. Mais cet incident malheureux eut l'heureux effet de montrer qu'entre chrétiens et publicains je tenais égale la balance de ma justice, et que je n'hésitais pas à punir les excès des deux partis. Mon équité se démontrait par les deux sources contraires du sang que j'avais fait répandre. Le tumulte s'apaisa par cette politique, et non moins par la satiété que l'appétit de meurtre rencontre dans son accomplissement. Einar Sokkason et les anciens plièrent le genou et firent amende.

Ce ne fut pas la fin de mes tourments ni des désordres civils. J'employai la période du solstice à ranimer dans ce peuple la flamme qui s'éteignait. Avec l'aide de deux jeunes publicaines, auxquelles je fis raser la tête en témoignage d'humilité, j'organisai pour les plus malades un hospice dans le fond de la cathédrale. Ainsi était occupée par des chrétiens mourants la place autrefois impieusement accaparée par les danses et les simulacres païens. J'ordonnai que fût saisie à leur profit, dans les greniers et les pacages, quelque nourriture pour adoucir leurs derniers instants; qu'ils mourussent, s'il le fallait, mais pas de faim. Mes hommes et moi savions d'expérience quel avant-goût de l'enfer aurait été une telle mort. Je donne acte à Einar Sokkason de l'humanité et de la force avec lesquelles, répudiant son impulsion première, il m'aida à étouffer les récriminations du peuple. Folie, disaient certains, que de dépenser pour des mourants une nourriture si rare, et si nécessaire aux vivants! À quoi nous répondîmes que les vivants d'aujourd'hui étaient les mourants de demain. On protesta aussi contre l'usage ainsi fait du narthex de la cathédrale, détourné de sa destination; je rappelai que Jésus préférait les malades aux gens bien portants, et que sa maison était l'antichambre de l'au-delà. Plutôt des fidèles couchés au fond de l'église que des tièdes debout dans le chœur. On s'émut enfin que la cathédrale fût ainsi desservie par des publicaines ; j'invitai les chrétiennes à venir elles-mêmes secourir les mourants ; aucune ne répondit ; elles réfutaient ainsi par leur silence leurs propres réclamations.

Je m'appliquai, en m'y astreignant moi-même avec mes compagnons, à réveiller les travaux des champs. Dans ces climats, l'urgence la plus extrême s'attache à la fenaison, qui seule donne au bétail, et donc aux hommes, quelque chance de survivre à l'hiver. Aidé du Capitaine, j'y entraînai les plus valides. Le Capitaine, versé dans le commandement, secoua les dormeurs et les grabataires, dépêcha nos marins dans les fermes isolées, leva son monde par la caresse ou la menace, et le mit à l'ouvrage aux chants de la mère patrie. C'était un miracle de voir ces cadavres renaître à la vie pour assurer une subsistance dont la plupart ne profiteraient jamais. C'était une merveille d'entendre des ritournelles de matelots donner leur cadence aux faux, mariant ainsi les deux richesses de la patrie, la mer et le pâturage. Le Capitaine ne borna pas son effort à stimuler ceux des chrétiens. Il fit en sorte que tous les publicains qui n'étaient pas occupés aux champs aillent chasser ou pêcher sur la glace. Les poissons seraient séchés au soleil, la viande de phoque mûrie à l'ombre selon la coutume de leur peuple. Il fallut une grande autorité pour les convaincre de chasser au-delà de leurs besoins immédiats, car la satiété, même fugitive, les rend absolument oisifs, et ils perdent en jeux et en palabres le temps précieux qu'un court été mesure chichement pour la préparation d'un long hiver. Comme d'ailleurs ils savaient que ces provisions, au moins pour leur part la moins impie, étaient disproportionnellement destinées aux chrétiens, leur peu de zèle rendait nécessaire l'aiguillon de la menace dès qu'ils s'étaient assuré de quoi manger pendant quelques jours.

Il n'est jusqu'aux enfants que le Capitaine n'organisât en compagnies pour prendre les oiseaux au filet et dénicher les œufs dans les trous des falaises. Les œufs attendraient l'hiver conservés dans la cendre ou mûris à pourrir dans des phoques vidés de leurs entrailles, suivant les recettes propres à l'appétit des chrétiens ou au goût corrompu des publicains, lesquels étaient disposés à différer les aliments si l'attente en épiçait la saveur. Certains de ces enfants étaient si faibles que leurs mains, impuissantes à les maintenir contre la paroi des falaises, les laissaient tomber sur la grève ou sur la glace où ils venaient s'écraser pour y être aussitôt dévorés par les loups. Mais la perte fâcheuse de ces jeunes vies fut effacée par une plaie autrement cruelle, celle des moustiques. Le Capitaine, mes hommes et moi nous étonnâmes qu'elle tourmentât à ce point, excédant même le nôtre, un peuple qui y était exposé depuis toujours. Qui n'a pas connu dans ces extrémités du monde le début de ce que seul le démon pourrait en se moquant appeler la belle saison n'est jamais entré dans l'antichambre de l'enfer. Les bestioles que nous avons au pays ne sont rien en regard des nuages immenses, obscurcissant la vue, qui accablent la Nouvelle Thulé et s'abattent sur ses habitants avec la dernière voracité. Ils n'épargnent pas les animaux qui en deviennent comme enragés. Ces attaques durent jusqu'à la fin du mois d'août et sont suivies, me dit-on, d'un renforcement des pestilences, qui frappent souvent dès le début de l'hiver ceux qui en étaient jusqu'alors exempts. Ainsi le modeste réconfort apporté par le soleil est-il pris entre la malfaisance des moustiques et celle de la maladie qui suit leur disparition. Einar et moi discutâmes souvent des pestilences apparues peu d'années avant mon arrivée, à petit feu, alors que les moustiques étaient d'antiquité immémoriale. Il fallait donc un jugement sommaire pour désigner sans autre forme de procès ces bestioles comme responsables des pestilences. Le peuple de Gardar et des fjords environnants était depuis toujours en proie aux maux qui sont partout le lot de l'humaine condition, encore qu'aggravés là-bas par le froid. La Nouvelle Thulé était le règne des échines courbées, des dos enraidis, des genoux gonflés d'humeur, des hanches impotentes, plus encore que dans la mère patrie où pourtant ces misères sont si fréquentes qu'on ne songe pas à les plaindre. J'en blâmais Dieu avec qui ces gens avaient mal vécu, et la glace dans laquelle ils vivaient tant bien que mal. L'un ou l'autre avait épargné à ce peuple les supplices de la lèpre. Mais les pestilences étaient une autre affaire. Que les publicains en fussent pour la plupart exonérés les rendait suspects sans pour autant les accuser; je donnai à Einar crédit de n'être pas tombé dans le travers d'attribuer à des maléfices ce qui procédait de la nature, et d'avoir fait en sorte que dans les querelles avec les publicains l'appétit de vengeance ne se soit pas porté sur ce soupçon. Il me répondit qu'à leur encontre il ne manquait pas de motifs établis au point de devoir en fabriquer d'incertains. Je vis par là qu'Einar, sauf le respect de mon autorité, conservait à l'égard des publicains l'hostilité que lui avaient communiquée ses concitoyens. L'immunité des publicains faisait douter qu'on puisse blâmer miasmes et vapeurs marécageux, d'ailleurs ténus dans un pays si froid, car ces incommodités étaient partagées par les deux races. Quant aux moustiques, bien que la balance me parût égale entre l'incertitude et la présomption, j'ordonnai comme mesures de fortune qu'on enfume les maisons et que les parties exposées du corps soient enduites de graisse d'ours ou de phoque. Rien n'y fit, soit que les moustiques se jouassent de ces précautions, soit que les habitants ne les observassent pas. Les tourments ne cessèrent pas et les pestilences s'aggravèrent. C'est alors que mon attention se posa sur Jörgen Ulfsson Jorsalafari, le Voyageur de Jérusalem, dont le surnom disait assez que non content de visiter la Maurétanie par esprit de lucre il s'était rendu aux Lieux saints par piété. Il y avait appris la volubilité et les façons d'Orient. Il contait des aventures si extraordinaires que seul un homme ayant voyagé autant que moi pouvait y ajouter foi. Il avait acheté pour en faire commerce de l'ivoire d'éléphant, sans prix si on le comparait à celui du morse ou du narval, et des peaux de lion plus propres que celles des ours de Nouvelle Thulé à orner l'équipage des chevaliers et à recouvrir le lit des marchands ; il s'était constitué, disait-il, une suite de délectables concubines aux joues bleues, qui l'accompagnaient partout, et dont la luxure, épicée de silencieuse retenue, l'aidait à supporter la chaleur des nuits. Je savais par mes séjours en Italie et en Espagne qu'existaient au-delà de la mer des peuples que leur noirceur dispose autant à la servitude qu'à la volupté. Si j'avais douté de ses récits, les témoignages de gentilshommes romains et de M. le Comte d'Ascoigne m'auraient aidé à y croire. Mais c'est surtout la lumière qu'il jeta involontairement sur le massacre de la vallée qui leur donna créance. Il me dit avoir rapporté d'Orient un petit singe, qu'il avait pris en affection comme un fils, et qui le suivait en tous lieux. Il n'avait pas pu se résoudre à s'en défaire lorsque, revenu au pays, il avait entrepris le voyage d'Islande pour y acheter de la laine et la revendre en fraude de la Hanse aux marchands du Continent. D'Islande, une tempête d'est l'avait poussé jusqu'à la Nouvelle Thulé, où son navire chargé de laine avait fait naufrage dans Einarsfjord. Il y avait été sauvé et recueilli par un paysan du rivage où il demeura dix mois. Le singe avait miraculeusement survécu aux accidents du voyage et aux rigueurs du climat. Lorsque vint le moment de rechercher ailleurs l'espoir d'un retour dans la patrie, Jörgen Ulfsson ayant perdu dans le naufrage son or, sa laine et ses compagnons, se trouva dans l'impossibilité de payer au paysan le prix de son hospitalité. Ses enfants, pour paiement, réclamèrent à grands cris le singe, qu'ils aimaient, et que Jörgen pouvait d'autant moins leur refuser, que l'animal n'aurait pu survivre à la longue marche sur la glace nécessaire pour atteindre Gardar.

La rumeur s'empara de ce singe, animal inconnu de ces gens simples, l'entoura de légendes néfastes, en fit une bête de la Révélation et lui attribua la survenue des pestilences, qui en effet apparurent en ce temps-là.

3

Le Capitaine appareilla à la fin de juin. Il avait pris avec l'Abbé et Einar Sokkason la décision de monter une expédition vers le nord pour y rechercher la présence d'autres établissements, et pour chasser afin de compléter l'approvisionnement de l'hiver. L'expédition tourna mal. Le Capitaine dirigea Court Serpent *vers le nord en suivant la côte ouest de la Nouvelle Thulé. Il espérait relâcher à l'Établissement de l'Ouest, que la tradition situait à douze lieues marines (quatre cents milles) au nord-ouest de Gardar et avec qui cette même tradition faisait remonter le dernier contact « à trois générations », sans autre précision. Plus au nord, son but était le territoire de chasse que la légende désignait sous l'appellation vague de « Pays sans Maisons », à deux semaines de mer de Gardar. Le Capitaine avait donc estimé à un mois le temps de l'aller et retour, à quoi il ajoutait quinze jours de chasse et quinze jours de temps d'escale et d'exploration à l'Établissement de l'Ouest et aux alentours, qu'il se réservait d'abréger en cas de nécessité. Ce calcul mettait le retour à fin août. Le Capitaine s'enquit avec soin de la vitesse à laquelle correspondaient ces jours de mer et ces distances ; bien qu'aucune expérience directe ne subsistât, les anciens gardaient des récits de leurs aïeux quelques notions utilisables. Il s'agissait de jours de navigation en haute mer à la limite de vue des côtes par beau temps, sans gêne ni détour occasionné par les glaces, avec, dirent-ils en souriant, vent contraire un jour sur deux.* Court Serpent *étant capable, comme tous les bateaux de l'époque dont s'était inspirée sa construction, de remonter au vent bien qu'il fût équipé d'une seule voile carrée, de tenir le cap au près serré et de faire route dans les calmes grâce à l'aide de ses puissants rameurs, le Capitaine estimait la vitesse moyenne, aléas compris, à un douzième de lieue marine à l'heure (environ deux nœuds trois quarts). Un mois sans compter les escales, c'étaient donc environ soixante lieues marines (deux mille milles) aller et retour, soit trente lieues (mille milles) pour atteindre le Pays sans Maisons. La suite montra que le Capitaine avait péché par optimisme. À l'Établissement de l'Ouest où* Court Serpent *parvint sans difficulté dans le délai prévu d'une semaine, le Capitaine et ses compagnons ne trouvèrent que désolation. Autour des ruines d'une grande église, ils découvrirent des fermes abandonnées, aux toits de tourbe effondrés et aux murs éventrés. Des squelettes de moutons, de vaches et de chevaux gisaient dans les courtils et les étables. Des ossements humains, encore enveloppés de lambeaux de vêtements, témoignaient qu'une fin violente et simultanée avait empêché leur inhumation. Les marins fouillèrent les maisons et*

*leurs dépendances mais ils avaient compris d'emblée
que l'événement était déjà si ancien qu'il était impossible d'espérer rencontrer âme qui vive. Ils ne trouvèrent rien qui valût qu'on l'embarquât. Ils parcoururent en vain les environs. Les fermes plus
lointaines, isolées dans les vallons ou sur les collines,
étaient dans le même abandon. Le Capitaine, qui
avait pris soin d'emporter encre et vélin, dressa un
plan et quelques croquis qui feraient office de compte
rendu.* Court Serpent *quitta les parages le 15 juillet,
et se dirigea vers le nord-ouest en suivant la côte. Il
n'atteignit le Pays sans Maisons et ses immenses territoires de chasse qu'après quinze jours de navigation
contre un fort vent d'ouest-ouest-nord, avec grains,
pluie, neige et une mauvaise visibilité qui augmentait
le danger des icebergs. Ils demeurèrent trois semaines
à remplir leurs caques et leurs tonneaux avec une
chasse et une pêche médiocres, mais assez de soleil
pour sécher viande et poisson sur les adrets. Les ours
arrivés avec la banquise dérivante étaient rares ; les
oies d'un an, privées par la mue des rémiges de leurs
ailes, et incapables de voler avant d'être en condition
de partir vers leur hivernage, étaient un gibier abondant, facile à prendre et à conserver dans sa graisse.
Les hommes de* Court Serpent *en firent un grand
carnage. Ils tuèrent aussi quelques phoques et quelques morses, malgré la répulsion qu'exerçait leur
chair sur ces hommes du continent. Le Capitaine
regardait d'un œil vigilant la lumière blanche du
large qui trahissait, à quelques milles vers le nord,
la présence toujours plus proche de la banquise.
Des lentilles de glace se formèrent le long de la côte, et*

commencèrent à se souder la nuit. Les hautes falaises surplombant la mer, blanchies par les déjections, étaient progressivement désertées par les guillemots et les fulmars. Ces signes annonçaient l'arrivée de l'implacable hiver, qui tomba prématurément sur Court Serpent *et son équipage. Le Capitaine fit expédier les préparatifs avec une hâte où ses hommes ne le reconnaissaient pas. On alla chercher les quartiers de viande mis à sécher dans les collines. On gratta le sel dans les flaques d'eau de mer des bras morts du fjord pour saler la dernière pêche. Les oiseaux vivement cuits dans leur graisse sur des feux de tourbe et de joncs furent pilonnés dans les tonneaux. Les hommes, obsédés par la perspective de la faim, ne renoncèrent qu'avec peine à chasser et à pêcher pour mettre* Court Serpent *en état de reprendre la mer. Le Capitaine dut user d'autorité, et leur montrer la menace que faisait peser sur eux la hauteur déclinante du soleil sur l'horizon. En partant, ils brisèrent la glace avec les avirons jusqu'à un demi-mille du rivage. À la sortie du fjord, le Capitaine observa la banquise qui venait lentement à leur rencontre du fond de l'horizon du nord.*

Elle leur laissa pendant trois jours un chenal d'eau libre large d'une dizaine de milles. Ils y parcoururent vers le sud environ deux cents milles par vent portant en rusant avec les icebergs. Le Capitaine, à qui la vérité tenait lieu de politique, ne cacha pas à ses hommes que, malgré cette navigation favorable, une distance quatre fois plus grande les séparait du point de départ. Le froid augmentant, la banquise se forma derrière eux, puis tout autour. Le Capitaine retrouva près de la côte un chenal d'eau libre au cheminement tortueux. Ce répit fut de courte durée. Chaque nuit leur apportait un gel atroce. Avec l'expérience du voyage qui les avait amenés de Kirkesund, ils s'en défendaient tant bien que mal au moyen de lampes à huile de phoque, allumées sous la protection des bâches de pont qui formaient désormais un toit de glace. L'homme de barre devait être relevé toutes les deux heures, à peine de mourir de froid. Court Serpent fut immobilisé par la glace le jour de la Sainte-Ingrid (2 septembre) après avoir parcouru quatre cents milles depuis le Pays sans Maisons. Ils étaient alors à six cents milles du but, par environ 72° de latitude nord.

Dans le soir tombant, les deux hommes palabraient sur la glace.

« Où a-t-on vu le grand umiak ?

— On chassait le phoque au trou sur la banquise, dit le plus jeune.

— Où a-t-on vu le grand umiak ? »

Il n'y avait jamais de réponse directe, de crainte de paraître se vanter et d'indisposer les Esprits.

« On a attendu presque tout le jour avant de tuer un phoque, dit le plus jeune.

— Umiak, umiak ! »

Et à nouveau : « Umiak ! Umiak ! »

La question devenait une rengaine, puis bientôt le sujet d'une joute verbale.

« Umiak ! Umiak ! jeune excrément, dit le plus âgé. Dira-t-on où on a vu l'umiak ?

« — Umiak ! Umiak ! vieil excrément, dit le jeune chasseur, le grand ! le grand ! »

Il ne s'agissait pas du bateau traditionnel des femmes, qui n'aurait pu se trouver là, perdu sur la banquise. Le grand umiak, c'était autre chose, que le jeune chasseur évoquait sans le décrire, pour agacer les aînés. Les chiens grognaient et jappaient dans leur sommeil, le nez niché sous la queue.

« On laisse aux aînés le soin de deviner. »

Les échanges d'injures — vieil excrément, jeune excrément — se poursuivirent jusqu'à la nuit. Le jeune chasseur finit par céder en indiquant une direction, que l'on conserverait en observant les rides de la neige sur la glace, perpendiculaires au vent dominant. Le grand umiak était à une demi-nuit de marche. Cette annonce provoqua une explosion de joie et d'activité. Les hommes déchargèrent les traîneaux et cachèrent les carcasses de phoque sous des blocs de glace. Ils entreprirent de démêler les traits des chiens. À mains nues et avec les dents, c'était par le froid déjà extrême une rude tâche. À la lumière de la lune, les traîneaux s'ébranlèrent lentement dans le relief chaotique de la banquise. Les hommes trottinaient en claquant leurs fouets. Ils s'arrêtèrent pour palabrer lorsque le jeune chasseur estima qu'on s'approchait du lieu où le grand umiak se trouverait à portée de bruit. Les hommes mâchèrent silencieusement du lard de phoque gelé. Certains pissèrent sur la glace en gardant les chiens à distance de fouet, de crainte qu'ils ne s'intéressent avec trop de gourmandise à la forte odeur de leur entrejambe. Dans la chaleur des huttes d'hiver, à la lueur des lampes à huile, *on se moquait souvent des malheureux qui, faute de cette précaution, avaient été mutilés par les chiens et étaient devenus de ce fait la risée des femmes. Les joutes verbales où ils trouvaient leur distraction principale évoquaient à ce propos la langue de chien qui, selon l'aigre satire des chansons échangées par les adversaires, remplaçait le sexe des mutilés. « Langue! Langue! tu lèches au lieu de pénétrer », disait l'un. Et l'autre : « Dents de chien! Dents de chien! Le ventre de ta femme mord au lieu d'accueillir! » Les femmes riaient en découvrant leurs mâchoires usées par la mastication des peaux.*

Mais pour lors, les hommes ne riaient pas et la palabre était toute tendue vers l'action. On se distribuait les rôles, comme à la chasse de l'ours. Le plus vieux garderait les chiens, qui avaient pour son fouet un respect gagé par les cicatrices qu'il avait laissées sur les nez, les oreilles et les queues. Il les empêcherait de dévorer le cuir des traits et les vivres. « Jeune excrément » montrerait la voie, qu'il reconnaîtrait sous la lumière de la lune à l'orientation des rides de la neige, puis aux traces de pas. Ils se partagèrent harpons et arcs avant de glisser dans la nuit.

Quand le Capitaine s'éveilla, ses yeux à peine ouverts perçurent sous la coque renversée de Court Serpent *une lumière anormale. Les rayons du soleil affleurant l'horizon pénétraient dans l'abri entre le plat-bord et la glace de la banquise sur laquelle le bateau avait été retourné, quille en l'air. Fort de son expérience de l'année précédente, l'équipage avait pris la précaution de fermer cet entrebâillement avec tonneaux, paquets, caisses de vivres et blocs de glace que recouvraient à l'extérieur les bâches de pont disposées comme une jupe et lacées autour de la coque par des cordes souquées à des trous passants ménagés dans la glace. Or vivres et bâches avaient disparu et le plat-bord n'était plus soutenu que par des blocs de glace.*

Le Capitaine ne perdit pas de temps à compter ses hommes et se glissa dehors. Trois cadavres mutilés gisaient dans des flaques de sang gelé. Bras, jambes et têtes avaient été coupés, apparemment à coups de hache. Le Capitaine réveilla les survivants, quinze hommes, et, après avoir digéré l'horreur de l'événement, on discuta du parti à prendre. Quatre hommes, dont le Capitaine, partiraient en quête de gibier. Ils emporteraient des armes pour chasser et des peaux pour monter une tente. Les douze autres hommes, dont le bosco, resteraient à l'abri du bateau retourné, en attendant le retour de leurs compagnons. Le Capitaine différa d'un geste la question de la nourriture pour ces hommes qui, sauf coup de chance, et faute de s'éloigner, ne trouveraient pas de gibier. Par crainte de trop se charger, ou inquiets des mouvements d'un dormeur, les agresseurs avaient laissé un tonneau d'huile de phoque avec lequel on alimenterait les lampes qui permettraient de ne pas mourir de froid.

Le Capitaine fit débattre de la direction qu'allaient prendre les chasseurs. Ulf Jonsson voulut s'en remettre à la tradition. Il traça une croix sur la glace et proposa de tirer au sort par une comptine (Saint Paul! Saint Olaf! Saint Jean!) celle des branches de cette croix qui leur montrerait où se trouvait le gibier. C'est ainsi qu'on procédait dans sa vallée natale quand, en hiver, on allait chasser le lièvre des neiges. Les autres se rallièrent à cet avis. Le Capitaine expliqua posément qu'une comptine ne pouvait remplacer un raisonnement. « Mais j'ai tracé une croix. C'est Dieu qui décide.

— Dieu ne s'intéresse pas à l'endroit où nous chasserons, dit le Capitaine. Il nous laisse libres.

— Crois-tu que Dieu s'intéresse à notre vie et à notre mort? demanda Ulf.

— Certainement, dit le Capitaine.

— Eh bien! Si nous nous trompons, nous sommes morts. Donc c'est à Dieu de nous dire où aller. »

Les marins grommelèrent leur approbation. Le Capitaine, homme d'action plutôt que de foi, prêcha pour le raisonnement. C'était vers le sud qu'à l'approche de l'hiver fuyaient les animaux. C'était vers le sud qu'on rencontrerait une glace plus mince, favorable à la chasse du phoque au trou. C'était vers le sud que s'éloignaient les traces des pillards. S'il était imprudent de les rechercher pour se venger, on pouvait cependant les suivre à distance, car c'était dans cette direction qu'ils campaient pour chasser. On irait donc vers le sud. Les hommes acquiescèrent après s'être consultés du regard. Alors le Capitaine évoqua l'innommable. Il appela Dieu à la rescousse, malgré l'indifférence qu'il lui avait prêtée quant à la direction à suivre. Sûrement Dieu voulait la survie *des fidèles perdus sur la banquise et menacés par des païens plus féroces que des bêtes. Les païens leur avaient volé toute la nourriture si laborieusement amassée. Mais ils avaient abandonné trois corps mutilés. Le Capitaine voyait là un geste de la Providence. Il fit pour son équipage le calcul suivant. Douze hommes, dont le bosco, resteraient à l'abri de la coque renversée pendant que les quatre autres iraient chasser. Ces quatre-là, qu'il fallait nourrir d'abondance aussi longtemps qu'ils n'auraient pas trouvé de gibier, prendraient les restes d'une des victimes, dont le froid assurerait la conservation, et qu'ils remorqueraient sur des peaux gelées qui feraient office de traîneaux de charge. On laisserait donc sur place deux dépouilles dont le Capitaine estimait le poids à deux cent cinquante livres. Pour douze hommes abrités et inactifs, à qui la lampe à huile fournirait un peu de chaleur, il y avait là, à raison d'une livre par personne et par jour, plus de deux semaines de survie en déduisant un déchet d'un cinquième que la faim, si elle se prolongeait, ferait consommer par force. Sans en rien trahir, le Capitaine songea qu'en outre il était improbable que tous survivent si longtemps. La mort, en frappant certains, augmenterait la ration des autres : si besoin était, ceux-ci mangeraient les morts. Le Capitaine exposa ce programme avec un calme communicatif. Un seul homme se mit à pleurer, et Ulf Jonsson se détourna pour vomir. Tous deux furent rabroués par leurs compagnons qui leur reprochèrent d'oublier que le Christ avait offert son corps en sacrifice ; encore l'avait-il fait vivant et le sang chaud. Le bosco, qui prenait d'avance le commande-*

ment de sa petite troupe, décida qu'on mangerait gelé car il avait compris que l'absence de préparation et de saveur atténuerait le dégoût. À cette intervention, le Capitaine jugea que le bosco était digne de faire un chef, et qu'on pouvait lui laisser en confiance la responsabilité de l'équipage.

Le Capitaine et ses trois compagnons s'éloignèrent vers le sud. Ulf Jonsson se révéla bientôt un mauvais choix pour cette expédition de la dernière chance. Il se plaignait sans cesse et restait à la traîne. Le Capitaine s'en étonna, car, sans être un marin d'exception, Ulf tenait bien son service à bord de Court Serpent *où sa puissance à l'aviron était appréciée de ses pairs. C'était cette force même qui avait guidé le choix du Capitaine : mais la fibre morale manquait, comme la suite devait le montrer. Ils marchèrent trois jours sans manger. Le Capitaine évalua leur progression à moins de vingt milles, mais garda pour lui cette estimation afin de ne pas décourager ses hommes. Attentif à les gagner de vitesse, il restait en tête, pour être leur inspiration, par la honte ou par la crainte. Il ne se retournait jamais et ne les attendait qu'à la nuit. Ainsi les autres comprirent que faute de le suivre ils perdraient avec leur chef leur orientation et donc leur vie. La progression sur la banquise était un martyre. Blocs de glace, crevasses, névés et congères faisaient de chaque pas une tâche épuisante, rendue plus accablante par la perspective de son renouvellement indéfini. Comme ils marchaient vers le sud, le soleil, réfléchi par la glace en un impitoyable étincellement, brûlait la peau gelée de leur visage, qui ne fut bientôt qu'une plaie d'où pendaient des lambeaux ensanglantés. Ils se retinrent d'y mettre de l'huile de phoque, qu'ils conservaient pour se chauffer la nuit sous les peaux dont ils faisaient une tente sommaire. À ces maux vint s'ajouter la cécité des neiges. La face interne de leurs paupières les dévorait d'une atroce démangeaison, et la lumière du soleil pénétrait dans leurs yeux comme des aiguilles rougies au feu. Le Capitaine paya d'exemple en marchant tête baissée, sans regarder l'horizon, et en nouant autour de sa tête une bande de tissu arrachée à sa tunique et percée de deux petites fentes. Ainsi la lumière se faisait-elle moins cruelle, mais les paupières restaient enflammées et doulou-reuses ; bientôt le pus s'y mit.*

Au matin du quatrième jour, alors que leur marche se ralentissait sans cesse, la faim les contrai-gnit à manger de la chair humaine. Ils arrachèrent les copeaux gelés au moyen des ardillons de leurs flèches, attentifs d'abord à ne pas atteindre les viscères pour lesquels l'aversion était la plus grande. Ces déli-catesses devaient s'évanouir avec l'aggravation de la faim, sauf pour Ulf Jonsson qui refusait obstiné-ment de s'alimenter et à qui la seule vue de la viande humaine donnait d'abominables nausées. Il se cou-cha sur la glace et déclara qu'au prix de son âme il n'irait pas plus loin. Ses compagnons n'ayant pu le convaincre de se relever appelèrent le Capitaine à la rescousse. Celui-ci rebroussa chemin, s'arrêta auprès d'Ulf Jonsson et, le saisissant à bras-le-corps, lui jura qu'on n'était pas à plus de deux jours de marche de l'eau libre et des phoques à tuer. Ulf supplia : ne pou-vait-on creuser un trou dans la glace et pêcher ? Il acceptait du poisson cru à condition de le laisser geler. Le Capitaine lui expliqua que la glace était trop épaisse et qu'ils mourraient à la tâche avant de percer la banquise de part en part, à supposer même que par une chance improbable ils se trouvent au-dessus d'un banc de poissons. Ulf Jonsson s'accroupit sur la glace et se mit à la creuser à mains nues en pleurant. Bientôt ses doigts ne furent plus que des moignons sanguinolents. Le Capitaine alors menaça Ulf de le tuer sur place plutôt que de le laisser entraver leur marche et démoraliser leur troupe.

« Et, dit-il, nous dévorerons ton cadavre si nous y sommes obligés par la faim. » Ulf puisa dans cette menace le courage de poursuivre jusqu'à la nuit. Mais il ne put trouver le sommeil et troubla celui de ses compagnons par d'incessants gémissements. Bientôt le mépris et la haine remplacèrent chez ces hommes rudes la sollicitude qu'ils avaient d'abord éprouvée pour Ulf, et le Capitaine, qui ne dormait que d'un œil, s'allongea auprès de lui afin de le protéger. Car s'il était prêt à sacrifier Ulf délibérément pour le salut des autres, il ne voulait pas d'un crime qui viendrait corrompre leur entreprise. Malgré la lampe à huile de phoque, la tente de fortune laissait passer un froid intense, et aucun d'eux ne disposait pour couchage d'autre choix que de ses vêtements. Ils se levèrent au matin épuisés de frissons. La sueur gelée leur faisait comme une carapace. L'état et le comportement d'Ulf empirèrent. Il marchait avec une telle lenteur, en s'arrêtant si souvent, qu'en moins d'une heure ses compagnons avaient sur lui un demi-mille d'avance. Il s'asseyait alors sur un névé et les suppliait de venir le chercher. Plus d'une fois, il s'étendit sur l'une des peaux gelées qui servaient de traîneaux de charge, et leur demanda de le haler. Les autres le délogèrent à coups de pied et l'auraient achevé sans l'intervention du Capitaine. Ils tuèrent un fulmar, laissé-pour-compte de la migration, qu'ils guettaient depuis quelques heures alors qu'il tournait autour d'eux en quête de nourriture. Le Capitaine, qui était resté auprès de ses hommes afin de prévenir toute rixe lors de l'attribution de ce modeste butin, le proposa encore chaud à Ulf Jonsson malgré les protestations des deux autres. Ulf essaya de boire le sang et le vomit. Il dit qu'il ne pourrait manger que le foie. Le Capitaine arracha le foie et le tendit à Ulf, qui le mit dans sa bouche, le garda quelques instants sans réussir à le mâcher et le recracha dans une nausée. L'un des deux autres s'en empara voracement et le goba. C'est alors que le Capitaine décida de sacrifier Ulf au succès de l'expédition. Ulf s'était couché sur la glace, laissant ses compagnons s'éloigner, les appelant en hurlant lorsqu'ils atteignaient la limite de la portée des voix. Le Capitaine rebroussa chemin, s'agenouilla auprès d'Ulf et lui demanda s'il était vrai qu'à aucun prix il n'irait plus loin. Sur la réponse affirmative d'Ulf, le Capitaine l'assomma avec un bloc de glace et lui planta un couteau dans le cœur. Puis il récita la prière des péris en mer, et la marche vers le sud reprit.

La nuit tombait. Le Capitaine, seul à deux milles devant ses hommes, atteignit la glace fraîche qui s'effondra sous lui. Il retourna vers le bord à la nage en cassant la mince couche de glace jusqu'à la trouver *assez épaisse et solide pour supporter son poids. Il crut mourir de fatigue en essayant de remonter sur la banquise. Les chiffons qui lui tenaient lieu de gants gelèrent instantanément, l'empêchant de s'accrocher aux aspérités de la banquise. Pour s'y hisser il brisa à grand-peine la glace qui imprégnait les chiffons en martelant la surface de la banquise, mais il sentait ses forces se dissiper dans l'eau, et ses doigts étaient désormais trop gourds pour tenir les prises. Il put se saisir de son couteau — celui-là même qui avait tué Ulf. Il le planta dans la glace, qui se trouvait à hauteur de son nez. Tenant le manche dans les deux paumes, et, s'aidant de mouvements frénétiques des jambes, il réussit à y monter à plat ventre. Il s'aperçut avec horreur qu'il se trouvait sur un îlot de glace qu'un chenal de largeur croissante séparait de la banquise, de ses compagnons, et de l'abri qu'ils allaient ériger pour la nuit et qui, avec sa lampe à graisse, était son seul espoir de survie. L'îlot, poussé par la brise, s'éloignait vers le sud ; le chenal devint un petit bras de mer, et, malgré l'obscurité, le Capitaine pouvait mesurer sa progression au défilement des icebergs qu'il dépassait. Il fit le tour de son refuge, dont la surface n'excédait pas quelques centaines de pieds carrés, de telle sorte qu'en s'approchant du bord il l'inclinait sous son poids vers la mer. Ainsi ne pouvait-il même pas, dans un effort dérisoire auquel il avait songé, utiliser son arc comme une sorte d'aviron pour agir sur le trajet de son île flottante. La faim et le froid lui firent bientôt oublier la peur. Il entendit un phoque souffler mais renonça à le tirer dans l'obscurité de crainte de perdre l'une des rares flèches qu'il portait en bandoulière dans son minuscule carquois. Au surplus, l'eût-il atteint et tué du premier coup, comment l'aurait-il hissé sur la glace ? Il ne lui restait qu'à attendre calmement la mort, assis au centre de l'îlot qu'érodaient les chocs de morceaux de glace flottante. Derrière lui, ses compagnons atteindraient bientôt l'eau libre où ils pourraient chasser et pêcher. Provende faite, auraient-ils la force de retourner vers l'abri où les attendait le reste de l'équipage ? Le Capitaine envisageait son sort avec un détachement que troublait seulement l'inquiétude qu'il éprouvait pour ses hommes. C'est au milieu de ces réflexions qu'il sentit la brise mollir. La neige se mit à tomber. Le Capitaine construisit un abri avec des blocs de glace, s'y coucha et s'endormit. Il se réveilla sous un jour bleuté qui filtrait à travers les blocs, mais ceux-ci avaient été soudés par la neige gelée et le Capitaine se trouva enfermé dans un étroit sarcophage. Il essaya d'abord d'ébranler le fond à coups de pied, mais ses pieds privés d'élan n'avaient aucune force. Il remarqua aussi qu'ils étaient insensibles, et comprit qu'ils étaient gelés. Pouce par pouce, il réussit à se saisir de son précieux couteau, attaché à son côté droit par une lanière de peau. Cet effort, qui dura une heure, fit fondre la sueur gelée qui l'enveloppait sous ses vêtements comme une coquille. Avec la main droite armée du couteau, il creusa la glace, mêlée de neige gelée, autour de son bras gauche qu'il réussit à libérer. Il put ainsi prendre le couteau dans sa main gauche et tenta, sans y parvenir, de creuser la paroi derrière sa tête. Son bras gauche manquant de force, il pensa que son bras droit serait plus puissant. Il sai-*

sit le couteau dans sa main gauche et s'en servit pour
libérer son bras droit comme il avait fait du gauche
avec la main droite. Il était maintenant trempé de
sueur et c'était alors la faim qui entravait ses efforts.
Il comprit à la lumière qui lui parvenait que le haut
du jour était déjà passé lorsqu'il put attaquer la paroi
située derrière sa tête avec sa main droite armée du
couteau. Il lui fallait évacuer vers l'autre extrémité de
l'abri, côté pieds, les éclats de glace arrachés par le
couteau, faute de quoi ils l'étouffaient et l'aveu-
glaient.

Ce ne fut pas avant la nuit suivante qu'il aperçut
le ciel au-dessus de sa tête en levant les yeux à la
limite de la révulsion. Mais la bataille pour libérer ses
épaules et finalement s'extraire de cette tombe de
glace dura toute la nuit, et ce fut au petit matin, déjà
tardif, qu'il fit ses premiers pas titubants dans la
neige. Une heureuse surprise l'attendait : par le
hasard des vents et des courants, son îlot de glace
avait rejoint la banquise à laquelle il était désormais
soudé ! Il n'avait pas mangé depuis deux jours. Il
entreprit de retourner vers le nord à la rencontre de
ses compagnons. Se juchant à grand-peine sur un
hummock ou un névé, il scrutait l'horizon tout
autour de lui, dans la crainte de croiser ses compagnons sans les voir, et dans l'ignorance où il était
du trajet suivi par son îlot de glace vers le nord et la
banquise. Ses pieds, insensibilisés par la gelure, ne le
faisaient pas souffrir, mais l'absence de sensations
rendait sa démarche incertaine. Il s'évanouit après
une chute et se réveilla sous la tente de fortune
qu'avaient, pour l'abriter, dressée ses deux compa-

gnons survivants qui l'avaient retrouvé par hasard. Il dévora des lambeaux de chair humaine avec voracité, mais se rappelant les risques de la satiété après une longue inanition, il sut rester sur sa faim. Le plus rude restait à faire. L'un des pieds gelés du Capitaine était gangrené. Devenu énorme, de la taille d'une tête d'homme, il exhalait une puanteur insupportable. Par souci d'économiser le poids, on n'avait pas emporté de hache. Le Capitaine donna l'ordre à l'un de ses hommes, le plus léger, de disposer son couteau transversalement à la racine des doigts, et de bloquer au sol l'extrémité de la lame en s'y appuyant de tout son poids. Il enjoignit à l'autre homme de sauter à pieds joints sur le manche. Les doigts sectionnés jaillirent. Le Capitaine, à qui on avait donné des lambeaux de peaux de bête qu'il serrait entre ses dents, gémit à peine et ne pria pas Dieu.

Cette méthode, dit-il, était moins cruelle que celle que les publicains avaient acclimatée dans l'Établissement de la Nouvelle Thulé, et qui consistait à faire dévorer la pourriture des chairs par des rats enfermés dans une cage de jonc disposée autour du membre malade.

4

Alors que j'attendais le retour du Capitaine avec un désespoir contenu dans les limites de la foi, je rendis au nom de Votre Éminence certains rescrits destinés à la réforme des mœurs, corrompues par la misère et par le commerce des publicains.

Premièrement, je considérai la pauvreté de leurs vêtements, ou pour mieux dire de leurs haillons, car les moins mal lotis d'entre eux n'étaient couverts que de chiffons. La laine manquait à cause du dépérissement des troupeaux; les quelques moutons que l'industrie de bergers enraidis par le froid faisait encore subsister étaient chiches de laine; et l'art des tisserands s'était perdu au bénéfice de celui des femmes publicaines apprises à tanner avec la salive de leurs dents la peau des bêtes marines. Le Ciel, et les rayons de la Grâce sans doute reçus de Votre Éminence avant même qu'elle m'ait dépêché pour les transporter, avaient voulu que ces four-rures païennes soient réservées aux impiétés dont elles étaient issues ; nos bons chrétiens auraient préféré périr de froid dans la laine, deve-nue rare, héritée de l'Agneau sauveur, plutôt que de livrer leurs corps décharnés au contact puant de ces dépouilles mal débarrassées d'un lard rance. Au demeurant les publicains eux-mêmes étaient-ils désormais en peine de pêcher ces ani-maux d'apocalypse sur des rivages qu'ils avaient désertés. Je n'en trouvai que plus contraire à la loi divine et au sens commun la coutume néfaste des capuchons à longue pointe, dépensant à l'or-nement et à la vanité une laine qui aurait plus pieusement et plus utilement servi à repousser le froid et le vent. C'est une chose bien curieuse que ce besoin absurde de l'accessoire et du superflu quand manque le plus absolu néces-saire. Votre Éminence verra dans cette passion le travail du Malin. Sa séduction fait oublier les premières nécessités, dont celle du salut, au pro-fit des vices les plus légers, dont celui du vête-ment et des décorations corporelles. Ne verra-t-on pas bientôt les sauvages de l'Orient, les nègres de l'Afrique même, réduits à manger des sauterelles, se transpercer les lèvres avec des épines de corail et planter des perles dans leurs dents ? Ou des femmes, dont le sein pendant comme une outre vide est impuissant à nourrir leur enfant, s'allonger le cou par un entassement de colliers de cuivre ? Malheureux, qui oubliez que l'ornement, la vanité, la dépense doivent pour ne pas offenser Dieu être le fait du seul riche ! Car la somptuosité de sa parure ne le prive pas du nécessaire ; il sait distribuer sa dépense dans des proportions qui ménagent tous ses besoins. Seul a le droit de s'orner celui dont la table est bien garnie. Tel n'est pas le cas de mes très misérables ouailles. Cet usage, venu de nos ancêtres, et perdu hors quelques vallées d'Islande depuis le temps où saint Révérien cessa de servir les Princes de Gonzague, fut d'abord d'approfondir la capuche à la nuque pour y loger les cheveux, principalement ceux des dames. La chose gagna les simples paysannes, et de là leurs maris et leurs fils, si bien qu'il n'y avait pas de laboureur dont la capuche n'était pas longue d'un pied et demi. Mais nos Normands de Thulé firent toujours plus à mesure qu'ils devenaient plus pauvres ; et, au jour où j'écris ces mots, les enfants ont trois pieds de laine sous le chignon, les hommes et les femmes quatre, qui embarrassent leurs mouvements et fouettent l'air ou l'eau lorsqu'ils opinent du chef. On a pitié de voir ces yeux d'où coule le pus et ces joues caves sous ces coiffes démesurées, comme si ces malheureux cherchaient ainsi à compenser leur détresse. Je défendis donc pour honorer Dieu de porter une capuche allongée au dos de plus de six pouces. Je fis couper ce qui dépassait cette longueur. J'établis dans la cathédrale un atelier de jeunes filles, sous la sage conduite d'une vierge âgée, ou qui se disait telle, afin d'effilocher la vieille laine, puis d'en tisser et d'en coudre sarraus et pèlerines.

Mes filles furent promptes à redécouvrir l'art de leurs aïeules, et il en sortit de belles pièces que je donnai aux plus nécessiteux, bien que certains aient voulu en faire commerce. Avec quoi, au demeurant, les aurait-on payées ? Avec des moutons dont la laine défaillante n'aurait pas suffi à de semblables ouvrages, et à qui ne restait que la peau sur les os ? Avec quelques pièces d'or obtenues du commerce avec la patrie, dont personne ne voulait plus depuis la fin de ce commerce ?

Les plus vaniteux protestèrent contre ce rescrit somptuaire ; d'autres tentèrent de s'y soustraire en cachant dans leurs cheveux les manchons prohibés. Je fis fouetter les uns et les autres.

Deuxièmement, j'eus à cœur de préserver les enfants de la cruauté des parents, effet habituel de la plus sordide pauvreté. J'eus en cela les secours de la religion : des enseignements de Votre Éminence je sus conclure à la méchanceté que nourrit, si j'ose dire, la misère en sacrifiant le fils à la survie du père, en sauvegardant la mère par l'extermination de la fille : quel avenir pourrait alors être celui des leçons de Votre Éminence, et de l'Évangile, si le plus jeune meurt avant le plus vieux, si les filles sont vouées à périr avant d'avoir pris, dans l'œuvre sacrée de la conception, la relève de leurs mères, subvertissant ainsi l'ordre voulu par Dieu ? La belle affaire si les saints évangélistes, et les docteurs qui en ont si sagement discouru, n'étaient bientôt plus entendus que des cimetières ! J'interdis donc l'exposition des enfants, si commune dans les maisons les plus pauvres. C'était là une coutume imitée des publicains dans ses façons les plus barbares. Alors que chez nous l'enfant abandonné conserve une chance de subsister à la grâce de Dieu, qu'il soit livré en secret au guichet d'une bonne sœur tourière, ou laissé à l'abri d'un porche, ou disposé dans une boîte fourrée de son et de mousse bien sèche, mes pauvres ouailles ont pris des publicains l'usage de laisser l'enfant nu sur la glace, ou même sous des pierres dont l'entassement fait de ce faux abri à la fois l'instrument de la mort et le tombeau. Ainsi est-on sûr qu'un prompt secours ne viendra pas remettre à la charge du peuple celui dont on a voulu se débarrasser pour ne pas avoir à le nourrir. Certains poussent un simulacre de sollicitude jusqu'à laisser un morceau de lard de phoque dans la bouche de l'enfant, pour faire croire à qui viendrait le déterrer que ses parents n'avaient pas désiré sa mort. Je décidai, au contraire, que l'extrême nécessité devait conduire les parents à mourir de faim pour leurs enfants en offrant la maigre nourriture rendue possible par leur propre inanition. J'en vins même à permettre, que dis-je, à approuver que les enfants, s'ils étaient réduits à l'extrémité, contraignent parents et grands-parents, pourvu que l'âge les ait réduits à une complète inutilité, à un exil définitif dans les glaces du Haut-Pays, d'où jamais personne n'est revenu. Ce ne fut pas sans tourments de conscience que je me résignai ainsi à enfreindre le plus solennel de vos commandements. Que j'encourageasse en quelque sorte le parricide, fût-ce sous l'empire de la plus mortelle nécessité, voilà qui n'allait pas avec le respect dû à la quadruple paternité dont j'étais issu : celle de mon père par la chair, banal instrument de paternités plus relevées ; celle de Dieu notre Père à tous ; celle de Votre Éminence sans quoi je ne serais rien ; celle enfin du Très Saint-Père grâce à qui je suis un peu ce que vous êtes. Je prie Votre Éminence de considérer qu'ainsi je me bornais à reproduire le sacrifice du Père suprême pour ses enfants, qui alla jusqu'à offrir la consommation de sa propre chair. La famine a sa sagesse, et le froid sa charité. Le Malin voulut, et l'Éternel permit, que j'allasse puiser l'une et l'autre parmi les publicains. Chez ceux-ci en effet, dès lors que l'infirmité de l'âge les rend inaptes à la chasse et à la pêche, parce qu'ils ne peuvent plus lancer le harpon ni pousser leurs espèces de rames, les vieillards sont invités à quitter le logis pour le désert de glace du Haut-Pays avec la fermeté déférente qu'inspirent à la fois leur inutilité et le mouvement naturel du sang. Ces malheureux partent sans un mot, sans un adieu, sans un regret, pour devenir la proie des loups auxquels ils s'exposent volontiers, ou celle du froid à qui ils demandent le sommeil éternel. C'est ainsi qu'un usage tout païen devint une grâce pour mes chrétiens. Je dus même tempérer leur zèle, car j'en surpris parmi les plus affamés à chasser leurs parents à coups de pierre après leur avoir crevé les yeux afin qu'ils ne retrouvent pas leur chemin. Je prie Dieu et supplie Votre Éminence que cette barbarie, effet du débordement de mes ordres plus que de mes ordres eux-mêmes, ne retombe pas sur le peuple de Nouvelle Thulé.

Troisièmement, j'extirpai de l'Établissement l'exécrable simulacre de pendaison auquel se livraient habituellement les enfants. Que Votre Éminence me comprenne : il ne s'agissait pas, pour ces malheureux petits, de jouer à punir par la pendaison assassins, voleurs et sodomites que leur imagination aurait pourchassés avant de les livrer à un bourreau de fantaisie. Ce jeu-là eût été l'innocence même, avec je ne sais quoi d'utile pour le gouvernement des âmes, car il aurait appris aux enfants que le crime appelle le châtiment, et même si le jeu s'était accidentellement ou dans la folie d'un divertissement cruel achevé par une vraie mort. Les enfants de Gardar s'adonnaient à un exercice d'une tout autre perversité. Je compris de leurs confessions, et du discours embarrassé d'Einar Sokkason, qu'ils se pendaient eux-mêmes, ou se faisaient pendre par leurs compagnons, afin de ressentir, par l'oblitération de la pensée, le vertige, qu'ils prétendent délicieux, des approches de la mort. Beaucoup d'entre eux ne croyant pas à l'éternité, ou n'en ayant aucune notion, ce n'est pas du tout de l'antichambre du Paradis qu'ils se disaient charmés ; c'est de l'arrêt dans la progression des humeurs vers la tête qu'ils goûtaient l'étourdissement, comme l'effet d'une bière très forte, ou de ces feuilles capiteuses, à la fois âcres et friandes à mâcher, dont certains Croisés avaient, d'Orient, rapporté la gourmandise.

Deux causes me firent condamner cette pratique comme impie : pour le danger, d'abord, dont elle menaçait la vie de ces enfants, par le désir insensé de prolonger la pendaison, ou par l'inadvertance du compagnon chargé d'y mettre fin en détachant le pendu ; mais plus encore pour la fausse ambition d'accéder sans mourir au paradis des corps, en demandant à l'étourdissement de suppléer à la vertu, et à la folie d'un instant de remplacer les œuvres de toute une vie. Punir un crime de cette rare espèce ne fut pas une mince affaire. J'eus scrupule à faire périr les coupables, car c'eût été une étrange rétribution que d'accorder au criminel ce qu'il recherchait dans son crime ; outre que j'éprouvais quelque gêne à tuer des enfants, même avec un juste motif, et alors qu'accablés par la faim et le froid ils n'avaient, hélas, pas besoin de moi pour mourir. Je songeai à la mutilation d'un membre. D'un pied il n'était pas question, ni d'une main, même la gauche, de crainte que pèse sur le peuple la charge de jeunes infirmes, alors que le travail des moins affaiblis importait tant au salut de tous. Je me résolus à leur faire crever un œil, punition assez rude pour décourager la récidive, mais propre à conserver, sauf peut-être à l'arc, les capacités d'enfants appelés à chasser, à pêcher, à paître et à labourer.

Quatrièmement, j'entrepris de réprimer la manière·dont notre petit peuple tranchait ses litiges et administrait ce que sous d'autres cieux on peut appeler justice. Cette justice me parut insidieusement héritée des publicains, que je voyais y procéder à la dérobée dans un coin de la cathédrale, jusque pendant les offices que j'y avais rétablis, ou à l'abri de quelque tas de tourbe. Nos Normands, que le froid et la faim avaient faits esclaves de leurs esclaves, mieux adaptés aux horreurs du climat, y venaient peu à peu en l'assaisonnant d'une pointe de chrétienté. Le dépérissement de l'Église et, malgré le pré-tendu pouvoir d'Einar Sokkason sur les paysans d'alentour, l'absence de toute autorité civile avaient laissé le champ libre à la pratique impie que je dois décrire à Votre Éminence. À quelle inquisition sans bûcher, à quel souverain sans sergent auraient-ils au demeurant pu soumettre leurs querelles, sauf à les régler par le sang au gré capricieux de la colère, alors qu'aucune monnaie d'or ou d'argent n'existait plus dans le peuple pour compenser les torts par une juste amende? Face au peuple réuni en assemblée de justice, on commençait par une innocente comptine, imitée des dits pour enfants ou tirée d'anciennes légendes publicaines, où Votre Éminence remarquera que de saintes figures parsemaient le bestiaire des païens de façon à l'agrémenter d'un peu de sacré. C'est ainsi qu'avant d'ouvrir une chicane de cocuage (genre de disputes nombreuses malgré le froid, qui aurait dû tempérer les passions), j'entendis les deux parties s'apostropher ainsi, l'une contrefaisant l'aigle et l'autre la morue, en un dialogue que récuse la nature :

L'AIGLE : J'ai de belles moustaches
Et j'ai l'oreille fine.

LA MORUE : Saint Révérien, soutiens ma cause,
Assis sur une pierre,
Assis sur une pierre.

L'AIGLE : Sainte Plectrude, plaide pour moi,
Assise sur une pierre,
Assise sur une pierre.

LA MORUE : Que Saint Révérien coupe ta moustache
Et bouche ton oreille fine,
Assis sur une pierre,
Assis sur une pierre.

Comment ces âmes simples, privées depuis des lustres des lumières de Votre Éminence et de celles de son auguste prédécesseur, avaient-elles gardé le souvenir de saint Révérien et de sainte Plectrude, chers à mon cœur mais peu priés dans la Chrétienté, c'est ce que je laisse à Votre Éminence le soin de juger. Malgré l'étrange digestion dont témoignait un tel mélange, et l'impiété barbare qui marquait la suite de la procédure, je fus touché par ces traces infimes de dévotion venues, à travers les âges, de l'horrible profondeur des forêts de la France.

Mais ce n'étaient, si j'ose ainsi écrire, que les amuse-bouche de leur justice. Bientôt, les deux contestants, debout au sein de l'assistance assise en cercle autour d'eux, développaient tour à tour au son du tambourin un long chapelet d'aigres moqueries. Rien n'échappait à l'acidité de leur ironie : ni l'aspect de l'adversaire, dont on ne laissait aucune disgrâce sans insolent commentaire ; ni l'odeur, souvent forte, où pourtant les publicains n'avaient rien à envier les uns aux autres, et à laquelle l'abandon de leur corps où la misère réduisait nos Normands les faisait contribuer de cent effluves ; ni les mauvaises qualités de l'âme ou du caractère ; ni même les infortunes dues aux caprices du destin. Les femmes des plaideurs y allaient de leur couplet à la charge de leur mari, soutenant ainsi la partie contraire, lorsqu'elles cherchaient vengeance d'un congrès charnel insatisfaisant, ou de caresses importunes, ou d'avoir été battues, ou impudemment livrées au voisin. Pour l'odeur : *Analurshe, Analurshe*, c'est dire « vieil excrément » dans la langue des publicains ; pour une bouche sans dents : « Tu tètes faute de pouvoir mordre », avec les sous-entendus licencieux, accompagnés de larges rires, que Votre Éminence découvrira derrière pareille apostrophe ; pour l'abominable commerce avec les bêtes : « Ne mêle pas ton lait à celui de ta vache » ; ou encore : « N'enfonce pas ton membre dans l'arrière de la jument ; quand elle se relèvera, tu te trouveras pendu » ; le chasseur sans gibier, le pêcheur sans poisson étaient de même crucifiés en public : on faisait venir leurs enfants à qui l'on servait par dérision des écuelles de tourbe délayée dans l'eau de mer. Ces innocents crachaient au visage de leurs pères insuffisamment nourriciers. La sanction de ces batailles de mots était cruelle. Celui que l'assistance, par ses rires et ses quolibets, désignait comme perdant n'avait d'autre ressource qu'un exil définitif. Car on avait emprunté aux publicains cette coutume, que plus aucun ami, parent, enfant, ni voisin, ne parlait au vaincu, ni ne lui portait secours d'aucune façon, de sorte qu'il était implacablement banni. En même temps que l'honneur et la considération, plus nécessaires que le sang à la vie d'un peuple aussi enfermé dans la solitude, le malheureux perdait tout, maison, alleu, pâtures, bêtes, enfants, esclaves et femme. La douleur en était d'autant plus grande que, souvent, la trahison des siens en avait été l'instrument. Seule s'offrait alors au proscrit l'immensité blanche du Haut-Pays. C'est ainsi que la mort venait conclure ce qui avait commencé par des chansons.

J'eus, comme pour d'autres aberrations criminelles, bien du tourment à décider d'une peine qui pût extirper celle-ci : car comment punir à proportion, c'est-à-dire par la mort même, un usage qui cause la mort ? Ne me serais-je pas fait l'auxiliaire de ce que je devais condamner ?

M'étant réfugié dans la prière, je reçus de l'Esprit-Saint, et de l'imitation de Votre Éminence, le conseil d'un heureux détour. Mon rescrit fut donc de punir de mort le gagnant. Je craignis un moment que la malignité du peuple ne lui fasse imaginer la ruse de perdre pour gagner, grâce au supplice capital alors infligé à l'adversaire ; je déjouai cette ruse par quelques bûchers bien ajustés où j'en fis immoler certains qui avaient ainsi voulu gagner en perdant. La source de ces contestations en fut tarie d'un coup : car qui voudrait gagner pour perdre ? Dès lors ma justice, c'est-à-dire celle de Dieu, fut la seule à sévir au piémont du Haut-Pays.

Enfin, j'interdis les combats de chevaux. Que des paysans mourant de faim se livrent à ce divertissement aussi futile que coûteux, voilà qui me sembla contraire à la piété. Ces hommes auraient dû consacrer à la méditation sur leur mort si prochaine tout le loisir que laissaient à leurs vices le dépérissement de la nature et le peu de travaux champêtres, toujours plus abrégés par le froid. Certains s'en excusaient en invoquant l'inutilité croissante des chevaux à mesure que la glace saisissait des terres autrefois labourables. Mais je n'acceptai pas ces raisons : si les chevaux étaient inutiles au travail, qu'on les mangeât après les avoir si peu que ce fût engraissés de foin, en prenant soin de garder assez d'étalons pour saillir quelques poulinières. Au lieu de quoi, depuis le jour des Rameaux et tous les dimanches suivants jusqu'à la Saint-Luc, ces étalons efflanqués étaient rassemblés dans un méchant enclos alors que non loin on leur présentait pour les exciter au combat la vulve d'une jument échauffée. Au temps où il y avait des échanges, on m'assure que du gingembre, apporté à grands frais de l'autre extrémité du monde, et pilé avec de la graisse d'ours, était appliqué, pour l'échauffer davantage, sur ces parties de la jument qu'on ne pouvait appeler secrètes puisqu'au contraire on s'attachait à en faire la plus obscène exhibition. Les étalons étaient ensuite opposés deux à deux, devant le peuple qui les encourageait par ses applaudissements et ses cris, les maîtres de chacun des combattants les aiguillonnant avec un bâton emmanché d'une pierre acérée à la façon des chasseurs publicains. Beaucoup de sang coulait des malheureuses bêtes, du fait de leur maître au bâton, mais aussi, cela va de soi, des morsures et des coups de pied de leurs adversaires. J'ai vu certains dimanches les cadavres d'étalons éviscérés à coups de sabot fumer au crépuscule dans l'haleine du glacier; tandis que les enfants jouaient dans les entrailles chaudes ou s'en faisaient des colliers. Ma résolution fut prise lorsque pendant un combat, je vis l'un des maîtres d'étalon frapper celui qui était opposé au sien dont il voyait fléchir la bravoure : Votre Éminence percevra qu'une action si lâche est contraire à la fois à l'honneur et aux règles pourtant barbares de ces tournois. Je vis avec horreur le combat de chevaux s'achever par une bataille d'hommes. Les maîtres en vinrent entre eux aux coups de bâton, de pique, enfin de hache, avant que le peuple ne prît parti pour l'un ou l'autre et que chacun n'entreprît d'exterminer ceux de la faction ennemie. Je pensai à l'empereur Justinien et à la fameuse sédition qui éclata pendant les courses de chevaux, où il crut perdre son trône, et je pris courage dans l'exemple de l'impératrice Théodora qui, de prostituée et montreuse d'ours qu'elle avait été avant de chausser la couronne basilicale, devint la sainte qui sauva l'Empire. Muni de ma seule croix pastorale, dépourvu des garanties armées que m'aurait assurées mon équipage s'il n'avait alors été perdu dans les glaces du Nord, je me précipitai parmi le peuple en suppliant qu'il m'immole plutôt que de s'immoler lui-même. Einar Sokkason, moins sensible que moi à l'inspiration de Théodora, chercha refuge dans une écurie; je restai seul contre tous, mais, dans ce péril, la mémoire de l'inflexible impératrice me permit de ramener la paix. Einar Sokkason se laissa convaincre d'interdire les combats de chevaux, avec le secours de la religion et le faible soutien de qui lui tenait lieu de police. Ainsi fut heureusement aboli ce honteux usage, hérité (me dit-on) de nos plus lointains ancêtres.

Au matin suivant, alors que le sommeil effaçait la douleur de ces tribulations, un petit garçon qui faisait auprès de moi office de sacristain et de serviteur vint m'éveiller pour m'apprendre qu'à l'horizon du fjord on venait d'apercevoir *Court Serpent*. Quand j'y parvins, le peuple, déjà assemblé sur la plage, hélait avec des pleurs de joie le navire, qui, à force d'avirons, perçait la brume sur l'eau où régnaient la glace et la paix de Dieu.

Les yeux et les corps des marins portaient la trace d'épreuves inouïes, que seule avait surpassées en horreur la Passion de Notre-Seigneur. Trois des hommes avaient été massacrés et dépecés par de mystérieux brigands, qui avaient dérobé tout le produit de chasse et de pêche récolté au Pays sans Maisons. L'équipage avait mangé de la chair humaine, même aux jours maigres, tandis qu'une petite escouade marchait au sud sous les ordres du Capitaine pour y rencontrer flots libres et gibier, non sans qu'y pérît un fort homme de nage. J'observai qu'un pied du Capitaine était enveloppé d'une sorte de manchon fait de cuir, de chiffons et de corde, d'où pendaient des aiguilles de sang gelé. Il avait, me dit-il, dû le faire amputer pour cause de puanteur offensante, et je ne pus jamais en savoir davantage, car il n'était pas homme à rechercher qu'on le plaignît. L'escouade dépêchée au sud avait atteint l'extrémité de la glace, après la singulière fortune d'une marche où le but se dérobait sans cesse, et en avait rapporté pour le reste de l'équipage, demeuré avec le bateau retourné comme abri, du lard de phoque en abondance, au moment même où, faute de cadavres à manger, il était sur le point de mourir de faim. Le courage sublime que ces hommes montrèrent dans la suite est digne d'émouvoir les entrailles de Votre Éminence, alors même qu'au dire du Capitaine qui les commandait, la piété n'eut que peu de part dans leur salut. Ils scièrent le navire en autant de parties qu'il fallait afin d'en rendre possible le glissement sur la glace. Pour cet étrange transport ils utilisèrent des peaux de phoque durcies et polies au moyen de leur urine gelée. Attelés comme des bêtes à ces espèces de traîneaux, dont ils firent des patins avec leurs excréments, tirant leur navire ainsi mis en morceaux sur l'océan de glace, se nourrissant uniquement de lard de phoque, ils parvinrent après de longs jours à l'eau libre. Alors ils réunirent les morceaux du navire, lièrent, chevillèrent, mortaisèrent, tenonnèrent comme les charpentiers de marine du temps de nos aïeux et s'embarquèrent dans la coque ainsi rassemblée. Mais le vent du sud leur fut assez fort et contraire pour réduire leur vitesse au point qu'ils durent souquer nuit et jour à l'aviron contre la colère des flots jusqu'à l'embouchure d'Einarsfjord, où la grâce de Dieu permit qu'ils touchent, en même temps que nos embrassements, ce qui était devenu leur port d'attache.

Au temps de ces événements on fit comparaître devant moi une jeune publicaine en haillons juste arrivée des profondeurs glacées du Haut-Pays. Elle avait, me dit-on, parcouru à genoux les approches du village, sans égard aux rudes galets de la grève, implorant en gémissant le pardon de péchés qu'elle n'avait pas commis. C'était là une piété inhabituelle pour une fille de sa race. Son récit était de souffrance et de mort, qui ne le cédaient en rien à celles qu'avaient rencontrées, sur la banquise et sur l'eau, le Capitaine et son équipe. J'eus de la peine à en démêler les fils avec l'aide d'Einar Sokkason. L'atrocité du souvenir faisait régner dans son esprit la plus grande confusion, et il était presque impossible de comprendre le jargon dans lequel elle l'énonçait, mélange impur de la vieille langue de nos pères et du patois satanique des publicains. Afin d'y mettre un peu d'ordre, et remué de compassion, j'essayai de faire tomber sur elle le doux manteau de la miséricorde divine. Je lui fis donner une fouace de gruau, que je lui mesurai chichement, sachant le danger d'une satiété soudaine après une longue famine. Elle gémissait de plaisir en mettant dans sa bouche les miettes de fouace que je lui tendais comme des hosties, car, âme gentille et douce, elle voulut rester à genoux devant moi. Elle retourna tant au patois des publicains que je dus faire chercher un interprète. On me donna un petit gnome, jaune et insolent, qui d'emblée s'intéressa à une tache bleue que la malheureuse portait autour de la bouche. «Tu as tué tes frères pour t'en nourrir», lui dit le gnome, et, sur ma justice, il apparut que

114

chez ces gens simples une tache de vin autour des lèvres révélait cette abomination. Votre Éminence me fera le crédit de croire que je n'entendis dans cette accusation autre chose que la plus naïve superstition. De son discours peu organisé, et des médiocres services de l'interprète, Einar et moi crûmes comprendre qu'en effet elle avait tué deux petits frères qu'elle avait emmenés avec elle dans l'horreur du Haut-Pays, fuyant l'horreur plus grande de ce qu'en aucune langue humaine un chrétien n'aurait pu appeler famille ni maison. À l'en croire, et je la crus sans hésiter, il ne s'agissait pas là d'un crime, mais d'un geste de charité — ces malheureux enfants, à l'épuisement des maigres provisions que leur aînée avait glissées, en vue de leur fuite, dans une sorte de hotte que formait le dos de sa tunique fourrée, étaient sur le point de mourir de faim et s'en plaignaient si aigrement qu'elle les avait pendus pour les en soulager. Il n'y avait là aucun crime qu'auraient pu avoir à venger Votre Éminence ni Dieu. Je lui demandai de nous raconter ce qu'elle avait fui au péril de trois vies. Je n'ose le répéter à Votre Éminence, car il est impossible de le faire dans des termes qui n'offenseraient pas son oreille. Il suffit de dire que cette fille était née des amours contraintes d'une bénédictine du couvent de Siglufjord, à dix jours de marche de Gardar par le Haut-Pays, avec l'un des gnomes qui s'étaient peu à peu insinués dans le service du couvent. De ce couvent dont j'ai déjà entretenu Votre Éminence, il ne restait rien, ni autel, ni reliques, ni trésor, ni prêtre servant, les murs réduits à hauteur d'homme et voués à la basse fonction d'adossement pour les ignobles huttes que les chasseurs d'eiders ou d'oiseaux palmés puant le poisson osaient appeler maison, et qu'ils désertaient à l'automne. Je surpris dans les yeux d'Einar cette lueur d'entendement qui m'apprit que, depuis longtemps, il avait vent de cette funèbre affaire, qu'il avait pris soin de me cacher. Les nonnes de saint Benoît, que sa mémoire soit chérie, privées d'autorité pastorale et assaillies par les progrès du froid, laissèrent mourir leurs troupeaux et périr leurs fermes par l'abandon du sillon, de la faux, du regain. Les gnomes de leur service, habiles à chasser l'oiseau palmé, et l'ours dont on peut faute de mieux manger la graisse en cas de famine, et aussi l'abominable phoque dans les interstices de la glace, accédèrent à la condition d'amants, de maris et de maîtres ; amants si l'on peut dire de gens qui s'unissent comme des bêtes, maris si ce mot peut s'appliquer à des païens qui ne connaissent de bénédiction nuptiale que celle d'un enlèvement aussitôt suivi des plus rudes copulations : car c'est ainsi que ce peuple fait les mariages et les enfants qui se multiplient comme des cailloux avant de mourir de froid ; maîtres car les religieuses appâtées par la nourriture furent promptement réduites en esclavage, et traitées dans cette condition comme nos paysans ne traitent pas leurs bestiaux. La fornication s'opère en commun, à la lumière des lampes, sous le regard des enfants, et dans la presque nudité, sans distinguer l'envers de l'endroit. Les femmes privées y sont publiques; on échange sa fille ou sa sœur contre une peau d'ours si elle est nubile, de lièvre si elle ne l'est pas encore, et contre une dent de morse si elle n'a plus ses menstrues, ce qui rend licites et même recommandables les plus monstrueux désordres, et les plus contraires à la nature. Ils rendent au membre viril le culte que nous destinons à Dieu, l'exhibent sous d'impudiques caleçons de fourrure, l'enferment avec révérence dans des étuis d'os de bœuf musqué, et la fellation à laquelle ils obligent les femmes est la version diabolique de la sainte communion. Ils prêtent leur femme au visiteur de passage, quitte à lui emprunter la sienne en retour lors d'une partie de chasse si leur épouse ne peut les y accompagner parce qu'elle est grosse ou malade, et qu'elle ferait défaut pour la couture ou le tannage des peaux. Le caprice du mari qui prête sa femme n'empêche pas les plus grandes violences si la femme, de son propre chef, se donne à quiconque d'autre que son mari; il est jugé convenable que le mari tue alors la femme, aussi facilement qu'on pend un chien trop lent pour le traîneau. Lorsque des présages leur font craindre un grand malheur, ou que l'odieux charlatan qui leur tient lieu de prêtre en donne l'avis, ils font un échange général des femmes afin, disent-ils, d'égarer les esprits malins, trompés par les havres trop nombreux qui s'offrent à leur lubricité dans le village ainsi devenu lupanar. Les

117

fillettes nouveau-nées sont massacrées pour mettre fin à l'allaitement, fort long dans cette race, qui empêche les mères de concevoir à nouveau avec l'espoir d'un garçon. C'est ce que notre jeune publicaine, frottée de chrétienté, nous dit avoir fui avec le plus d'épouvante, portant elle-même dans ses entrailles le fruit d'amours barbares. Elle accoucha à la Chandeleur d'une fille mort-née. Ainsi advint par sa fuite ce que sa fuite était destinée à prévenir.

... Ayant toujours eu, à l'école de Votre Éminence, de l'amitié pour les délateurs, auxiliaires
zélés de la justice divine, j'en écoutai plus d'un
qui vint me chanter pouilles de Jörgen Ulfsson
Jorsalafari, l'homme venu d'Orient avec un
singe. On me le dit versé dans les maléfices,
habile aux invocations et aux prestiges, et on
murmurait que le singe, dont il vantait volontiers
les talents et les grâces, n'était autre chose qu'un
fils qu'il avait eu par la pénétration d'une chèvre,
animal de vertu médiocre, tout aussi inconnu de
mes ouailles que pouvait l'être un singe, et par là
aussi néfaste. Un délateur mystagogue me jura
sur la vie de sa mère, fort âgée il est vrai, que le
singe avait trente-six dents dans la bouche et six
doigts à la main gauche : il portait donc le signe
de la Bête selon la Révélation de Patmos. Que
saint Jean, sur son île calcinée par l'ardeur d'un
soleil inconnu à Thulé, ait compté d'avance la
racine carrée de trente-six dents pour en extraire
(si je peux écrire ainsi) deux fois le chiffre 6 ; qu'il

y ait apposé le nombre des doigts de la main gauche ; que de la sorte il ait eu connaissance du Nombre de la Bête, voilà qui n'aurait pas manqué de m'émerveiller si j'avais accordé à ces fadaises la plus mince créance. Mais il n'est pas de sottise humaine qui ne donne du grain à moudre, et celle du mystagogue n'y faillit pas. Je lui fis valoir que sa familiarité avec le diabolique pouvait me donner motif de le livrer au bras séculier, et que le feu de tourbe, avec le tourment spécial à sa lenteur, outre qu'il réchaufferait le peuple en cette saison de froid croissant, risquait de lui rôtir les pieds un peu plus qu'à son goût. Cependant, lui fis-je entendre avec toute la douceur et la gravité dont j'ai appris la méthode auprès de Votre Éminence, il se pouvait que la peine du feu de tourbe fût remise si le mystagogue voulait bien m'en dire davantage sur les circonstances qui entouraient la mort de l'animal et le massacre de la ferme des Vallées sise au lieu-dit Undir Höfdi, non loin d'une église abandonnée ; massacre, Votre Éminence se le rappellera, dont nous avions observé les restes fumants lorsque ayant touché pour la première fois le rivage de Nouvelle Thulé, nous y avions abordé et visité la ferme maudite. J'avais de cette affaire gardé un chagrin poignant, en ce que les premiers chrétiens découverts par la recherche que m'avait commandée Votre Éminence n'étaient plus que des fantômes férocement dilacérés. Je pressai le mystagogue de me dévoiler si c'était là le crime de publicains. Je sentis qu'il hésitait entre le désir de se faire valoir et l'aveu de son ignorance; il accusa les publicains avec une conviction si molle, et une si grande corruption dans la conscience des suites d'une telle accusation, que j'inclinai à penser qu'ils étaient innocents. La haine que se portaient publicains et Normands, née de la condition à moitié servile des premiers et du sentiment qu'avaient les seconds de leur propre et impuissante infériorité, me parut démontrer suffisamment la fausseté du mystagogue, dont l'œil bleu et le poil blond marquaient assez qu'il était du plus pur de notre sang. J'usai de séduction et de menaces, lui promettant tour à tour les délices du Ciel et les tourments du feu temporel et perpétuel, de sorte qu'il se résolut à me livrer un témoin. Ce témoin était Einar Sokkason.

6

Votre Éminence concevra la solennité de l'audience où je fis amener Einar Sokkason. C'est ne rien dire que d'user de tout autre mot que du mot « question », car hormis la torture du corps, à laquelle je n'eus pas la force de recourir contre un personnage aussi notable, qui de surcroît aurait été riche homme s'il était en Nouvelle Thulé resté quelque richesse, Einar Sokkason en subit tous les tourments. Quant à moi, je m'y disposai par la prière, et aussi par une sorte de pénitence, si le dénuement où j'étais au milieu de ce peuple dont je partageais les privations m'avait permis de m'en infliger davantage. Quel brouet aurais-je pu boire pour me mortifier alors que nous en étions réduits à l'eau claire rincée de quelques algues ? Quelle concoction plus infâme que ces râclures de peaux d'animaux marins assaisonnées de pâturons de chevaux morts ? Par ce froid qu'avaient fui les oiseaux, la graisse d'ours et le lard de phoque, nourritures essentiellement et intrinsèquement infâmes, que mes braves marins avaient rapportées dans quelques barils échappés au massacre et au pillage, nous auraient paru plus délectables que les bruants d'Aquitaine, que les Italiens dans leur morbidesse, et les Provençaux dans leur molle perversité, appellent ortolans, c'est-à-dire oiseaux des jardins. Nous réservions ce peu de graisse et de lard aux enfants et aux pauvres d'entre les pauvres. Plus encore qu'à la célébration des offices, j'aurais voulu, pour la gravité de mon maintien, revêtir ces habits de mon ministère que votre sagesse avait ordonné que j'emporte au Nord du monde afin d'y affirmer votre présence et celle de Dieu. Hélas, j'avais donné aux miséreux camail et surplis ; le reste s'était perdu dans les épreuves de la mer et de la glace ; au lieu d'amict, d'aube, de dalmatique, de pallium, de manipule, de pluvial, de chasuble, je n'avais sur les épaules qu'un pitoyable reste des capuches que j'avais fait confisquer comme somptuaires. C'est dans cet appareil que je reçus Einar Sokkason, ou plutôt qu'on le jeta à mes pieds. Soit qu'il ait résisté à se laisser saisir, soit que mes marins, tout épuisés qu'ils fussent encore de leur malheureuse expédition au Pays sans Maisons, aient laissé échapper sur lui une juste colère, Einar n'offrait plus à mon regard qu'un souvenir en lambeaux de la forme humaine. Mieux approprié aux lacérations qu'il avait souffertes aurait été l'étal du boucher de Nidaros, aux portes de la cathédrale, que l'autorité et la réputation dont il jouissait dans le fjord qui portait son nom. Ses deux oreilles avaient été arrachées. Un de ses yeux n'était qu'une plaie caverneuse; de dents, auparavant peu nombreuses, il ne restait qu'une pour empêcher sa langue, gonflée comme celle d'un veau, de pendre hors de sa bouche aux lèvres fendues. Ma miséricorde ne lui avait épargné la question que pour le livrer, malgré moi, à la poigne de mes compagnons. L'état de mon prisonnier était tel qu'en fait d'interrogatoire je n'eus d'autre ressource que d'apporter moi-même les réponses aux questions que je lui posais. Ç'aurait été là une étrange enquête si l'Esprit-Saint, qui est de toutes les polices et dans toutes les chambres un peu chaudes où l'on cherche la vérité, n'avait voulu que j'aie déjà tout compris; de sorte qu'Einar se borna, dans le dévoilement de l'affaire, à opiner à mes énonciations par un gémissement, ou par un hochement de ce qui lui restait de tête. C'est de cette façon silencieuse qu'il avoua les horreurs de la ferme des Vallées à Undir Höfdi, non loin de l'église abandonnée qui, dans la nuit des temps, était, avec ses dépendances, bien capitulaire de la cathédrale de Gardar. S'il est vrai, comme me l'a enseigné Votre Éminence, que c'est au motif qu'on juge le crime, alors le Tribunal d'éternité où l'avocat, le procureur et le juge ne font qu'un sera d'avis qu'il y avait des circonstances atténuantes. Considérant que les pestilences qui consumaient l'Établissement comme à petit feu étaient apparues avec l'arrivée de Jorsalafari et de son singe; considérant aussi que le peuple voyait en ce singe la Bête de l'Apocalypse, il n'y avait pas loin, dans ces têtes rustiques, à penser qu'en exterminant le singe on mettrait fin aux pestilences. Que le massacre des paysans qui abritaient le singe ait été le fait d'un emportement de précaution, né du désir de tuer tout ce qui l'entourait pour en tarir les miasmes ; ou la conclusion d'une rixe où les paysans auraient tenté de défendre leur étrange animal, voilà ce que je ne pus éclaircir, même en promettant mensongèrement à Einar qu'il sauverait sa dépouille terrestre (et pas seulement son âme) en me confessant la vérité. Car j'avais résolu de faire mourir Einar quoi qu'il en fût et quoi qu'il dît. Je ne pouvais oublier ce que nous avions respiré des fumées de ce massacre, les excréments encore tièdes sortis des entrailles relâchées, le sang jailli jusqu'au grenier, les corps mutilés à ne plus s'y reconnaître, épouvantables vêpres qui nous étaient réservées en guise d'accueil par cette chrétienté perdue que nous étions venus secourir au bout du monde. Je cherchais aussi dans cette sévérité contrefaite un avantage politique. J'en étais venu à penser qu'il ne pouvait, dans l'étroitesse d'une si extrême misère, y avoir à Gardar deux autorités, l'une fondée sur l'assentiment du populaire, l'autre sur les commandements du Très-Haut et la dévolution de Votre Éminence. Lors de la sédition qui avait manqué d'éclater à l'occasion des combats de chevaux, j'avais ressenti comme un ébranlement dans l'antique alliance de la charrue et de la croix. Einar Sokkason y avait failli tout ensemble à son devoir d'obéissance et à ses obligations de commandement. Trop attentif aux murmures du peuple, il s'était opposé sourdement aux plus sévères de mes rescrits et aux plus rudes de mes réquisitions. Outre un affreux massacre, il s'était rendu coupable du moins pardonnable des crimes que puisse commettre un chef, celui de vouloir plaire. Je le fis décapiter sur la plage à la face du peuple. Sa tête fut jetée aux loups. Le reste eut une sépulture chrétienne.

7

Mon autorité mieux assise par le supplice d'Einar Sokkason, les principaux vices du populaire extirpés par une sévère justice, et quelque approvisionnement assuré grâce au zèle que nous avions pu insuffler dans le travail des champs n'empêchèrent pas l'hiver de nous frapper avec férocité. Au froid de chaque jour succédait un froid pire encore, au point que j'entendis murmurer contre Dieu et lui réclamer les flammes de l'enfer. Certains allèrent jusqu'à lui promettre de retourner à leurs anciens crimes si le feu en était la punition ; car c'était une récompense de rôtir, plutôt qu'un supplice ; quelques-uns, à la recherche du plus extrême péché, commirent ceux d'apostasie et de renégation dans une subversion de baptême où ils s'aspergeaient d'excréments en abjurant le nom de Dieu. Je fis pendre en hâte ces malheureux, autant pour manque de jugement que pour manque de foi : car pouvaient-ils espérer du Dieu même qu'ils niaient la punition de leur apostasie ? La tourbe, source de toute vie, vint à manquer dans les foyers, malgré la grande quantité que j'en avais fait extraire et amasser avant l'automne. Personne ne s'aventurait hors du village, de crainte de mourir de froid, et l'aurait-on fait jusqu'aux tourbières qu'on les aurait trouvées si pétrifiées par le gel qu'il aurait été impossible d'y creuser. Les yeux gelaient dans les orbites, tarissant les larmes les plus légitimes. Les enfants mouraient dans ces boîtes de roseaux fourrées de foin qui leur tenaient lieu de berceaux, par l'ouverture desquelles j'apercevais, à l'heure des derniers sacrements, leurs petits visages gonflés et bleuis. Heureux encore si les parents n'avaient pas fait feu de ces misérables abris en sacrifiant leurs enfants. Tous les aliments étaient gelés à cœur, de sorte que même pilés dans les mortiers rustiques, ils étaient rebelles à ceux qui n'avaient plus de dents, et cause, chez ceux qui en étaient encore pourvus, de terribles dévoiements d'entrailles. Ces dévoiements n'avaient pas loisir de fumer avant d'être dévorés par les chiens. Je fis mettre dans la cathédrale quantité de moutons et de bœufs dont la chaleur sauva ceux que la pauvreté, les accidents de la vie ou la méchanceté des voisins avaient privés d'abri : je m'imposai de dormir auprès d'eux plutôt que dans mes appartements ; ainsi ma charité me récompensait d'elle-même par le soulagement que cet élan de l'âme permit d'apporter au corps. Je fus tourmenté par la crainte que l'on pût imputer à un calcul ce qui n'était que l'accomplissement de mon ministère. J'allai moi-même choisir, dans les maisons, les moins faibles des nourrissons, ou les plus méritants, pour les placer sous le mufle de mes bœufs qui les dorlotèrent de leur souffle. La nuit de Noël où les étoiles furent si froides que des paroissiens périrent en venant entendre la messe, l'un de ces enfants et le moins efflanqué des bœufs renouvelèrent, à la pauvre lumière de l'huile de phoque, le saint tableau de Bethléem, tandis que dehors les loups, en attente d'une proie, hurlaient au pied du glacier.

Aux premiers jours du printemps, la jeune publicaine vint m'avouer, à genoux, qu'elle était de nouveau grosse. Accouchée à la Chandeleur d'un enfant mort-né, œuvre d'un fornicateur de sa race, elle n'avait eu de cesse, dans son innocence ou sa perversité, de retrouver par goût la plénitude qu'elle avait autrefois subie par contrainte. Je voulus l'entendre en confession. Fort de la délégation qu'à travers Votre Éminence je tiens de Dieu, comptant d'ailleurs qu'au moment où vous lirez cette Relation j'aurai cessé de vivre, et confiant que la fausse révélation d'un prétendu scandale m'autorise à ne pas la garder secrète, je me prosterne aux pieds de Votre Supériorité en la suppliant de me croire plutôt que ma lamentable pénitente. À mes questions pressantes sur la cause de son état, celle-ci eut dans son désespoir l'audace de protester que j'en étais l'auteur. Que les épreuves qu'elle avait traversées, et la détresse qui en était la conséquence, excusassent un si monstrueux mensonge, par la confusion de son esprit, et l'exaspération de sa mémoire, voilà dont je convins volontiers, et dont je l'absolus aussitôt ; mais elle n'en démordit point, allant jusqu'à me supplier de reconnaître cette paternité criminelle ; je lui fis voir qu'une telle requête sortait du domaine de la confession, quel que fût d'autre part le fond de notre affaire. Elle réitéra sa supplique en s'inclinant sur mon giron ; elle se serait agenouillée devant moi si le sacrement que j'étais en voie de lui administrer ne l'avait déjà fait s'agenouiller devant Dieu. Mais il importait à la recherche de la vérité de descendre dans le dernier détail, quelque dégoût que je pouvais en avoir : au demeurant Votre Éminence, et M. le Comte d'Ascoigne, ne m'ont-ils pas enseigné que Dieu est tout entier dans les détails ? Je prie donc Votre Éminence d'agréer le rappel de ces basses minuties. J'ordonnai d'abord à cette fille de me révéler avec qui, et avec quelles figures, condamnées ou permises, elle avait eu des rapports amoureux depuis son accouchement ; étant entendu qu'en dehors du mariage les figures permises même sont condamnables. Elle me jura sur son enfant à naître que pour aucun homme, si ce n'est pour celui qu'elle disait être votre serviteur, elle n'avait ouvert, ou baissé, ou arraché le mauvais caleçon de fourrure qu'elle portait sur ses parties honteuses afin de les protéger du froid, à la mode des filles de sa race. Ce disant, elle leva sa cotte de pauvresse en laissant béer ses jambes, pour me montrer avec quelle machine elle cachait ce qu'elle découvrait, dont la vue ne manqua pas, je l'avoue, de m'émouvoir, malgré la crasse, les jetées de sang et l'odeur de misère qui désolaient cette intimité. Je lui demandai si elle n'avait pas commis l'un de ces gestes où sa main licencieuse aurait transporté la semence de sa bouche à son plus secret vestibule. À quoi elle répondit que j'étais le seul à qui elle pouvait avoir octroyé pareille faveur, si c'en était une, pour en goûter ensuite la friandise. Je lui représentai combien cette manière de faire était en abomination au Ciel, par alliance de quatre péchés mortels, celui d'Onan, celui de fellation, celui de luxure et celui de gourmandise. Elle eut le front de prétendre qu'elle ne comprenait pas ma leçon, car quelle différence Dieu pouvait-il opérer entre luxure, semence gaspillée ou bue, que c'était une seule et même chose et donc ne pouvait s'ajouter pour justifier une multiple condamnation. Je vis dans cette argutie, où je ne reconnaissais pas l'innocence de ma pauvresse, le travail du Malin, rompu à pénétrer de ses habiles raisons les esprits les plus grossiers, en même temps qu'il séduit les plus subtils. Je compris dans quels égarements la jeune publicaine se trouvait emportée, au point que peut-être il n'y avait pas de péché dans l'énormité de ses malfaisances. Je visitai ensuite la sodomie. Je conjure Votre Éminence de croire qu'aucune curiosité ne me poussait, car comme Elle je connais les plus extrêmes replis, d'où il suit qu'aucune révélation, quelque piquant qu'en soit le piment, ne peut nous échauffer l'un ni l'autre. Elle nia avec beaucoup de flamme. Je lui insinuai que peut-être y avait-il un tempérament dans l'erreur, et de la modestie dans l'impudicité si, obligée de se découvrir par le commandement de la nature, elle avait offert à quelque indiscrétion virile le porche de ses *excreta*. Elle persista dans une dénégation d'autant plus vive qu'elle soutenait, avec raison, l'impossibilité qu'un tel accident ait pu, par lui-même, la faire devenir grosse. J'eus beau jeu de lui rappeler que dans la tempête un port vaut le port voisin, et qu'une navigation rendue impétueuse par la nécessité peut inattentivement passer de l'un à l'autre. Elle persista à ce point dans ses imputations, mit tant d'enchantement dans sa calomnie, et de constance dans son accusation, qu'elle me fit presque douter de ma propre innocence. Elle alla pour ce faire jusqu'à s'aider de quelques gestes où je crus reconnaître ceux mêmes dont je l'avais soupçonnée, la confession devenant ainsi l'inspiratrice des péchés qu'elle devait absoudre. Elle m'entraîna dans le vertige des ourlets et des commissures que mon ministère aurait dû la convaincre de laisser dérobés au jour. Votre Éminence, qui connaît la peine des hommes et leur faiblesse, décidera sans mon aveu s'il est vraisemblable que j'aie pu y céder et y avoir cédé naguère au point et de telle façon qu'elle en ait

134

conçu l'espoir d'une maternité. Je renonce à m'en justifier, car il ne m'appartient pas de vanter ma propre vertu, ayant assez affaire d'incriminer les vices d'autrui. Que Votre Éminence imagine toutefois la noirceur glaçante de l'hiver que nous venions de traverser ; les foyers sans tourbe où la seule chaleur se cherchait dans la couche commune, et dans l'occupation principale de s'y agiter contre les morsures de la vermine et les souffrances d'un ventre creux ; les nuits où la brume descendue du glacier se mêlait aux exhalaisons d'une mer transie pour insinuer par toutes les ouvertures des maisons, et jusqu'à la secrète intimité des corps, le plus enveloppant des linceuls ; heureux linceul pourtant, qui tempérait la férocité du froid, et qu'on venait à regretter pendant ces nuits pires encore où le regard des étoiles, et le silence inamical de la lune, laissaient tomber sur notre piémont pétrifié une lumière plus froide que les ténèbres. Ces nuits-là les loups mouraient, et les ours, qu'au matin nous venions débiter à coups de hache. Votre Éminence jugera si un tel frimas était un encouragement à la luxure, en demandant un peu de chaleur à son agitation et à ses frottements, et quelque délassement de l'immobilité léthargique à laquelle nous étions condamnés ; ou si, au contraire, cette immobilité et cette léthargie n'interdisaient pas jusqu'aux caresses et autres transports des élans amoureux.

L'été suivant, outre sa brièveté qui faisait comme regretter l'hiver, outre aussi les moustiques et l'aggravation des pestilences, nous apporta de nouvelles souffrances.

Alors que nous nous épuisions à récolter les maigres fruits d'un soleil avare et bas, craignant un hiver qui ne serait que la continuation du précédent, un nombre infini de chenilles vint recouvrir les champs et les pâtures, dévorant jusqu'au sol nos misérables moissons et l'herbe qui n'eut pas le temps de monter en foin. Certains des publicains, obéissant aux usages de leur peuple, voulurent s'en nourrir, mais furent punis de la fureur de leur appétit par les mille dards empoisonnés que ces bestioles portent comme une fourrure ; de sorte que l'abomination de leur mort répondit à celle de la nourriture qui en était la cause ; ces malheureux couraient çà et là en battant les bras, à la recherche d'un air qui les fuyait, la bouche et le gosier gonflés de venin, avant de tomber sur le sol où ils gisaient pantelants, secoués de frissons, avec un gémissement muet qui me rappela les poissons de la criée au débarqué des pêches de Nidaros. Certains cherchèrent le salut en se jetant dans la mer pour y boire et rafraîchir leur souffrance, mais n'y trouvèrent qu'une mort glacée. Ces insectes propagèrent leur grouillement jusqu'aux maisons, aux étables, et à la cathédrale même, revêtant le sol d'un manteau qui cédait sous les pas en suintant une espèce de glu.

8

Mais les plantes du Seigneur ne furent pas les seules à subir sa colère. Bœufs, chevaux et porcs furent infestés de varrons à tel point que, de mémoire de villageois, on n'en avait jamais tant vu ; la maigreur de ces animaux mal nourris en fut tellement accrue, que la saison qui aurait dû les engraisser laissa beaucoup d'entre eux dans l'état de cadavres vivants. Ils marchaient en titubant, couverts d'abcès d'où s'échappait une glaire louche, se secouant pour arracher d'eux une immense quantité de vermine dont nous comprenions qu'elle était la semence d'où surgirait une autre plus nombreuse encore, et dont certains publicains allaient jusqu'à se rafraîchir. Ainsi nos malheureuses bêtes, en se débattant contre leur supplice, préparaient-elles un supplice pire. Leur cuir, percé de mille trous, était impropre à tout usage, et leur chair émaciée nous faisait considérer comme un délice de sucer la moelle des moindre os et de gober leurs yeux. Quant aux moutons, si leur laine empêchait les mouches de pondre leurs varrons à travers leur peau, ils étaient envahis par le nez jusqu'au-dedans de la tête, où les vers creusaient leurs niches. Ils titubaient comme des matelots ivres, mais seuls les enfants s'en amusaient, car la pourriture guettait les animaux morts avant l'arrivée des froids qui nous auraient permis de les conserver, le soleil n'étant pas assez ardent pour en sécher la viande.

Aux grands frimas, la jeune publicaine accoucha d'un fils, qu'elle s'acharna à m'attribuer. La joie d'être mère effaça la honte de la maternité. De père, pas d'autre que celui qu'elle désignait de ses imputations. Malgré le scandale, j'acceptai par charité ce que j'aurais dû refuser par justice. Les murmures du peuple et bientôt ses grondements me convainquirent d'écouter mon cœur plutôt que ma raison, et, contrairement aux mouvements de la nature et du sang, je me pris à aimer ce fils dont la renommée plus peut-être que les élans de la chair m'imposait la paternité. Il fallut hâter le baptême, de crainte que le froid, en abrégeant sa jeune vie, ne le conduisît vers les limbes alors qu'il était né avec la promesse du paradis malgré le péché qui assombrissait ses origines. Nous discutâmes longuement de son nom, sans laisser ce choix au parrain et à la marraine sur lesquels aussi il y eut entre nous cent disputes. Elle voulait donner au nouveau-né le nom de son grand-père, Sorqaq, qu'elle disait habile à la chasse de l'ours au point qu'il était une légende et un exemple depuis Undir Höfdi jusqu'au Pays sans Maisons. Elle me raconta même, sans me convaincre, qu'il avait, seul avec ses chiens, traversé le Haut-Pays, cette désolation de glace d'où personne (hors lui) n'était jamais revenu. Il avait découvert à l'est une mer inconnue, gelée jusqu'au fond, et noire de phoques. Je me moquai de cet aïeul, d'autant plus menteur qu'il était allé plus loin, car comment imaginer des phoques sans eau pour y nager sous la glace? Et ne savait-elle pas, de race, puisque, dans le temps ancien où ils étaient nombreux près de la Colonie, son peuple en mangeait avec délectation, que les phoques se nourrissent de poisson? J'y mis aussi cette objection : ne savait-elle pas comment était mort le grand Sorqaq dont elle parlait avec tant d'orgueil? Elle avoua qu'au retour d'une chasse manquée, et mourant de faim comme eux, il avait été dévoré par ses chiens. On avait retrouvé son corps sauvagement déchiqueté, ainsi que les débris de son traîneau et le cadavre intact de ses chiens, au fond d'une de ces crevasses que creuse le mouvement tonitruant du glacier qui descend du Haut-Pays vers le fjord. Que Sorqaq eût rencontré une mort aussi ignominieuse pour un chasseur était de mauvais augure à qui porterait son nom. Bien qu'ignorant entièrement le système de sottes croyances qui tient lieu de religion aux publicains, j'avais touché juste : pour ces âmes simples (s'il s'agit d'âmes), le malheur du nom fait celui de qui le porte : quelle heureuse invention, au contraire, que celle de nos martyrs, dont l'infélicité protège ceux que l'on place sous leur patronage ! J'y vois encore un signe de la supériorité de la vraie foi. J'eus donc recours, avec succès, aux deux sources, la barbare et la chrétienne, d'où elle tenait le peu qu'elle avait de jugement. J'imposai le nom d'Einar, en me réclamant de Votre Éminence que je me proposais de représenter en tant que parrain, grâce aux fécondes et nombreuses délégations qu'Elle m'a consenties. Ainsi me préparai-je à satisfaire à de nobles nécessités : Einar, comme neveu spirituel et filleul de Votre Éminence ; Einar, parce que né dans Einarsfjord ; Einar, chez qui les ténèbres et l'irréligion d'un passé conquérant seraient dissipées par la lumière que Votre Éminence répand jusqu'aux confins de son archidiocèse. J'eus, certes, quelque gêne à me rappeler que c'était aussi le nom d'Einar Sokkason, à qui j'avais fait trancher la tête comme criminel ; mais c'était un criminel chrétien, homonyme et parent de Votre Éminence, égaré par une lecture trop pétulante de l'Apocalypse.

Pour ne pas me montrer indigne de la dévotion que me témoignait la mère, il me fallut entreprendre de la nourrir à la façon publicaine. Quant à l'enfant, il avait assez du lait qu'elle lui prodigua pendant trois ans, car, comme chez toutes les femmes de sa race, son sein était d'une prodigieuse fécondité. On raconte que certaines allaitent leurs fils jusqu'à l'âge où ils peuvent tuer un ours. Bien que je n'aie pu vérifier de mes yeux cette merveille, je ne manquai pas d'y admirer la sagesse de la Providence : les rudes aliments que ces gens tirent d'une nature avare, alliant la parcimonie à la putréfaction, sont plus propres à faire mourir les enfants qu'à les faire vivre. Le lait maternel les en protège. J'y vis aussi cette conséquence que l'allaitement dispose peu les femmes à devenir grosses, ou même s'y oppose entièrement; il en résulte que les naissances sont suspendues, faute de quoi ces malheureuses seraient contraintes, par l'excès de bouches à nourrir, à exposer plus souvent les nouveau-nés, crime dont j'ai déjà entretenu Votre Éminence. Encore fallait-il, pour que la jeune publicaine eût du lait, que la chasse et la pêche vinssent enrichir son sang. C'est à quoi je dus m'employer, en imitant les pratiques de ces barbares, bien qu'elles fussent peu conformes à la dignité et à l'onction de mon état, plus proche de la pourpre que de la peau des bêtes, et plus habile à tenir l'ostensoir que le harpon.

Le jour fut proche de notre appareillage en vue du retour vers la Mère Patrie. Je souffris mille tourments de l'âme, partagé entre la nécessité de venir vous rendre compte de ma mission, ainsi que de chercher secours pour ce peuple en détresse, et l'obligation où j'aurais pu me croire de demeurer avec lui afin de partager ses derniers moments. D'une part, je redoutais qu'on impute à lâcheté ce qui pouvait passer pour une fuite; d'autre part, était-il bien chrétien de se laisser mourir, fût-ce en compagnie, et, soutenant mes ouailles par la parole, de renoncer ainsi à le faire par des actes? J'eus, pendant de longs préparatifs, tout loisir de peser s'il était plus honorable de subir jusqu'à la mort l'accroissement quotidien d'une souffrance dont elle serait la seule issue, en noyant les murmures du peuple sous un flot de prières, que de courir au large les périls de l'océan. Avant même d'avoir pris mes résolutions, j'ordonnai les plus minutieuses mises en condition de notre navire; comme il avait été coupé en morceaux pour le déhaler sur la glace, je donnai ordre au bosco et au Capitaine d'en inspecter et d'en faire visiter la jointure, quitte à déshabiller l'intérieur de tout vaigrage et de toute commodité pour y prélever de quoi fabriquer ais et renforts; de nettoyer, gratter, assainir le bois par excision de ses parties malades et d'en arracher les herbes et les coquillages qui sont la lèpre des navires; enfin de calfater avec de la mousse trempée dans ce qu'il nous restait de poix toutes les fissures, fractures, fentes et incontinuités; j'y trouvai matière à constater que la poix, et même le suif, étaient plus précieux que l'or, lequel est de peu de conséquence pour le salut du marin, qui ne saurait payer avec doublons et ducats l'apaisement des vagues et l'accalmie des vents; d'où la querelle que j'eus avec mon peuple pour satisfaire aux nécessités du navire, et d'abord la grande affaire des cordages. L'usure et cette espèce de mildiou que cause l'eau de mer, qui ne sèche jamais, m'en avaient coûté vingt toises. Je dus moi-même fouiller les recoins des maisons pour en trouver une telle longueur dont les villageois ne voulaient pas se défaire. Il me fallut y employer la croix, que j'eus à brandir devant moi comme saint Jean Chrysostome bravant l'impératrice Eudoxie, pour me faire ouvrir les portes, du moins celles qui méritaient encore ce nom, bien des seuils n'étant plus protégés que par des lambeaux de peaux ou des bottes de paille trop pourrie pour servir à la nourriture des bêtes. La réparation de la voile carrée de *Court Serpent* fut, elle aussi, un sujet de vif débat avec mes ouailles. J'eus beau dire qu'on voyait le jour au travers, et que, travaillée par les années et les milles, elle menaçait de se déchirer au premier souffle, il me fut aigrement riposté que ma voile ne méritait pas d'y sacrifier le peu de chaleur que l'orphelin, la veuve, l'infirme pourraient trouver dans le drap de l'épaisseur nécessaire ; que si je voulais y consacrer des peaux de bêtes, comme ces moines dont la légende racontait les navigations depuis la lointaine et brumeuse Hibernia, ce serait autant qui ferait défaut pour se protéger de l'affreux vent tombant du Haut-Pays. Quant aux vivres, que par précaution je voulais embarquer pour un mois, comptant autant avec les calmes qu'avec les vents et tempêtes contraires, il ne fallait pas y songer : je devais, disait-on, pêcher dans la mer de quoi nourrir mon équipage; quant à moi, j'avais toujours la ressource d'offrir ma vie au nom de ce Christ que je prétendais représenter. Je m'endurcis contre ce pieux discours, et j'eus recours à l'admirable stratagème d'aller mendier grains, caques salées, œufs noircis dans la cendre et lard de phoque ranci en poussant devant moi la jeune publicaine et son enfant dont, pour la circonstance, je proclamai hautement être le père, et que, l'embarquant avec moi, accompagné de sa mère, je n'arrivais pas à croire que mon peuple les condamnât tous deux à mourir de faim.

Il est singulier de considérer comme mon petit peuple se tourna contre moi, alors que je quittais pour le sauver l'abri que me procurait la cathédrale, et la modeste convenance du galetas que j'y partageais avec la jeune publicaine, et alors que j'allais pour l'amour de lui affronter l'horreur d'une mer glaciale. Sa fureur s'accrut à la mesure de mes préparatifs. J'avais cru pouvoir, sans nuire à la sécurité du navire, le faire tirer à terre pour y travailler à l'aise. La malveillance me contraignit à le faire garder nuit et jour par des hommes en armes. Le calfatage, la menuiserie et le chargement se firent à l'abri des boucliers et sous la protection des archers. Nous dormions dans *Court Serpent* ainsi mis en défense contre ceux qu'il s'apprêtait à secourir. Encore n'échappâmes-nous pas entièrement aux pierres qu'encouragés par leurs parents les enfants jetaient sur nous, ni *Court Serpent* aux tentatives d'incendie perpétrées à l'aide de frondes qui lançaient des mottes de tourbe enflammée ; il se dépensait ainsi un peu du feu qui, dès le retour des froids, aurait pu sauver quelques nourrissons. J'offris à Dieu le chagrin de me voir si mal récompensé ou si mal compris. Mais la plus grande souffrance était encore à venir. À l'aube du départ, tandis que *Court Serpent*, poussé par l'équipage, commençait à glisser vers la mer, la jeune publicaine, que j'y invitais selon mes résolutions et les siennes, refusa soudain d'embarquer et me tendit son fils comme on tend un ostensoir. J'eus à peine le temps de le recevoir dans mes bras cependant que la proue du navire flottait déjà et que le bosco marquait la cadence des premiers coups d'aviron. C'est alors que je vis avec horreur la foule assemblée sur la plage lapider à mort cette Avarana que, dit-elle en expirant, j'avais si tendrement aimée.

*Il jugea qu'il était temps de se préparer au retour,
non parce qu'il avait accompli sa mission — il en
était loin, et d'ailleurs était-elle encore possible ? —
mais en raison de l'hostilité croissante des colons.
Cela avait commencé par des dépôts d'ordures et
d'excréments devant la porte de la cathédrale, la
nuit. En soi le tas d'ordures auprès de la maison
n'était pas un signe d'infamie. Il n'était pas même
une manifestation de saleté. Au temps de la prospérité, ou de ce que le souvenir faisait passer pour telle,
c'est-à-dire avant le grand froid, les fermes s'enor-
gueillissaient au contraire de leur dépotoir où l'on
prenait les éléments les plus nutritifs et notamment le
fumier humain pour engraisser champs et pâtures.
Mais, en raison de sa vocation, la cathédrale et ses
abords devaient rester propres, malgré l'étable en
appentis. L'Abbé comprit, et perçut d'emblée la malveillance. Il éprouva bientôt de la difficulté à obtenir
des vivres, alors qu'auparavant la générosité des fer-
miers ne s'était jamais démentie, profuse au regard
du dépérissement de toutes les formes de culture et de*

la famine qui régnait. Puis il remarqua que les paroissiens désertaient les offices. La semaine sainte et Pâques, qui autrefois remplissaient la cathédrale, virent seulement une poignée de fidèles, surtout des femmes, serrées dans le fond de la nef, marmonnant craintivement les répons. Quelques têtes nues à chignon noir se mêlaient aux tresses blondes dépassant des capuches en haillons. L'usage voulait qu'après l'office les fidèles vinssent dans le recoin du chœur qui tenait lieu de sacristie recevoir la bénédiction de l'Abbé. Au lieu de quoi, ces jours-là, dès la fin de la messe, les fidèles tournèrent les talons et s'égayèrent vers les sentiers recouverts de glace. Quelque temps après, Avarana revint d'une corvée d'eau le visage blessé par une pierre. « Quelqu'un a eu très peur, quelqu'un aurait pleuré de douleur si elle savait pleurer comme vous autres », dit-elle à l'Abbé de la façon détournée propre à son peuple. Avarana ne pleurait jamais. Mais la bouche marquée d'une tache de vin frémissait, contredisant le visage impassible. L'Abbé la consola comme il put. Il se résolut à faire garder la cathédrale par deux marins en armes.

L'avitaillement de Court Serpent en vue d'une grande traversée fut avec les colons un constant motif de conflit. Tant les fournitures techniques, cordes, toile à voile, bourre et poix de calfat, que les vivres furent âprement marchandés. L'Abbé prévoyait dix jours de traversée ; mais, comptant avec les calmes, les vents contraires et le mauvais temps, il s'était fixé comme objectif un mois de rations pour tout l'équipage. Il s'en trouva loin.

Il fit avec le Capitaine et le bosco l'inventaire du

déficit. Manquaient au moins cinquante livres de farine d'orge, deux caques de capelans salés et six barriques de lard de phoque. Sur ce dernier chapitre, l'Abbé blâma particulièrement la mauvaise volonté des villageois, car, pour la première fois depuis des années, le mois de mai avait vu l'arrivée des phoques et, malgré la fatigue et le manque de matériel, il en avait été fait bonne chasse. Les trois hommes discutèrent les conséquences. On était amené à réduire les rations et à en rabattre sur la marge allouée pour tenir compte du risque de vents trop faibles ou contraires. L'équipage lui-même, avec la perte de quatre hommes et plusieurs marins amputés, ne pourrait être réduit davantage. L'Abbé y eût d'ailleurs répugné pour des motifs tenant au moral de son bord. Il décida à part lui d'abandonner Avarana.

Lors de l'appareillage, tandis que Court Serpent *s'ébranlait vers la mer sur son chemin de galets ronds frottés au lard de phoque, l'Abbé repoussa la jeune femme qui tentait de monter à bord avec son enfant dans les bras. Il saisit le petit garçon, lui fit franchir le bordé, le posa sur le pont et, se tournant vers Avarana, la précipita dans l'eau d'une bourrade. Avarana se releva et s'accrocha au bateau en réclamant son fils. L'homme de barre, qui tenait levée la pelle d'aviron de gouverne pour l'empêcher de racler le fond de l'eau, chercha d'un clin d'œil l'ordre du Capitaine qui hocha la tête. Il sortit un couteau de sa ceinture et coupa un doigt d'Avarana. Celle-ci lâcha prise et se traîna vers la plage, à genoux, teignant de sang l'eau glacée. Levant sa main mutilée, elle courut sur les galets vers la petite foule assemblée qui* criait des injures à l'adresse de Court Serpent, de son maître et de son équipage. Un garçon lui jeta une pierre qui lui écrasa le nez. Elle tomba. Une grêle de pierres et de galets s'abattit sur elle. Méthodiquement, avec une espèce de calme, les villageois la lapidèrent aux cris de « Pute à l'Évêque ! » jusqu'à ce que son corps étendu demeurât immobile sur les galets inondés de sang.

DU MÊME AUTEUR

Aux Éditions Gallimard

COURT SERPENT. Grand Prix du roman de l'Académie française
   2004.

COUP-DE-FOUET, 2006.

Aux Éditions Gallimard Jeunesse

UN ROI, UNE PRINCESSE ET UNE PIEUVRE, illustré par
   Nicole Claveloux, 2005.

COLLECTION FOLIO

Dernières parutions